KB006138

고전古典 결박을 풀다 2

고전 결박을 풀다 2

누구나 알지만 아무도 끝까지 읽지 않은 책

초판 1쇄 발행 2017년 11월 13일

엮고쓴이 강신장
펴낸이 강신장
편집 임은실
디자인 임경섭
인쇄 영창인쇄

펴낸곳 모네상스
출판등록 제2016-000192호
주소 서울시 서초구 서초중앙로 18, 312호
전화 02-523-5655 **팩스** 02-587-5655
이메일 monaissance@daum.net
홈페이지 www.monaissance.com

ISBN 979-11-960583-2-6
ISBN 979-11-960583-0-2 (세트)

이 책의 국립중앙도서관 출판시도서목록은 서지정보유통지원시스템 홈페이지(http:// seoji.nl.go.kr)와 국가자료공동목록시스템 (http://www.nl.go.kr/kolisnet)에서 이용하실 수 있습니다.
CIP 제어번호: CIP2017026632

누구나 알지만 아무도 끝까지 읽지 않은 책

고전古典 결박을 풀다 2

강신장 엮고씀

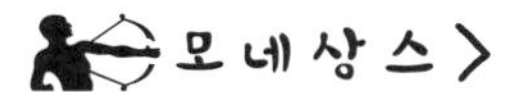

고전은 두껍다는 결박을 풀었습니다.

고전은 어렵다는 결박을 풀었습니다.

고전은 불가능한 산이라는 당신의 두려움을

단칼에, 시원하게 풀었습니다.

고전(苦戰) 없는 고전(古典) 읽기가 시작됩니다.

고전(古典)의 고정관념을 단칼에 풀다

김욱동 (서강대학교 명예교수)

19세기 미국 작가 마크 트웨인은 고전을 두고 "제목은 누구나 잘 알고 있지만 막상 아무도 읽지 않은 책"이라고 정의를 내린 적이 있다. 해학 작가로서의 트웨인의 기지가 보석처럼 빛을 내뿜는 말이다. 그러나 그의 말에는 그저 웃어넘기지 못할 진실이 담겨 있다. 가령 레프 톨스토이의 〈전쟁과 평화〉를 읽어보았느냐고 물어보면 고개를 내젓기 일쑤다. 그런가 하면 〈전쟁〉은 읽었는데 〈평화〉는 아직 읽지 못했다고 우스갯소리로 말하는 사람들마저 있다.

이렇듯 고전이란 히말라야 산처럼 이름은 익숙해도 쉽게 오르기 어려운 높고 험준한 산과 같다. 고전의 반열에 올라 있는 작품을 처음 한두 쪽 읽다가 덮어버린 독자들이 적지 않을 것이다. 그렇다면 독자들은 왜 고전 작품을 마지막까지 읽어내지 못하고 도중에 덮어버릴까? 거기에는 여러 이유가 있을 터이지만 무엇보다도 고전은 어렵다는 선입견에 사로잡혀 있기 때문이다.

알렉산드로스 대왕이 고르디우스의 매듭을 단칼에 풀었듯이, 고전을 읽는 사람은 먼저 고전이 난해하다는 고정관념의 매듭을 풀어내야 한다. 물론 고전은 세월의 풍화작용을 꿋꿋이 견뎌낸 작품인 만큼 접근하기가 녹록치 않은 것도 사실이다. 그러나 온갖 어려움을 견뎌내고 고전이라는 산의 정상에 오를 때 얻는 기쁨은 더할 나위 없이 무척 크다.

21세기에 모바일 기기를 통하여 모두의 르네상스를 돕겠다는 원대한 목표로 설립한 주식회사 '모네상스'에서는 독자들이 동서양의 고전을 쉽게 접근할 수 있도록 새로운 형태의 책을 선보이기로 하였다. 이 책에서는 고전의 줄거리와 메시지를 간결하게 요약한 텍스트를 강력한 그래픽 이미지와 결합함으로써 전통적인 도서의 한계를 극복하려 시도하였다. 말하자면 이 책은 '읽는 책'의 수준을 '보는 책'의 수준으로 한 단계 업그레이드시켰다. 또한 이 책의 독자들에게는 특별히 동영상 10편을 스마트폰이나 태블릿PC를 비롯한 디지털 기기를 통하여 볼 수 있게 제공함으로써 고전을 좀 더 쉽게 접근할 수 있도록 배려하였다.

21세기는 영상과 이미지의 시대다. 영상 매체가 활자 매체를 밀어내고 그 자리에 이미지의 제국을 세운 지도 벌써 여러 해가 지났다. 출판도 활자 매체에만 자신을 가두지 말고 독자와 새롭게 만날 다양한 방법을 고민해야 한다. 이러한 시대적 소명을 깊이 깨닫고 있는 모네상스와 강신장 대표에게 심심한 경의를 표한다.

고전(古典)은 '별보다 더 높은 곳'으로 나를 올려주는 사다리

파르테논 속에 숨겨진 르네상스의 비밀

'르네상스'는 부활과 재생의 의미를 가지고 있다. 무엇을 부활하고 재생한다는 것일까? 놀랍게도 고대 그리스와 로마가 했던 방식을 말한다. 그렇다면 2500년 전 고대 그리스와 로마는 무엇을 어떻게 했기에 지금까지도 모든 재탄생의 출발점이 되는 것일까? 나는 그 이유가 궁금했다. 마침 고전을 함께 공부하는 CEO들과 그리스에 갈 기회가 있었고, 파르테논 신전의 기둥에서 나름의 답을 찾을 수 있었다.

파르테논 신전에는 전면에 8개, 측면에 17개의 열주(列柱)가 서 있다. 기둥을 모두 합하면 46개가 되는데 이 기둥들 속에는 몇 가지 비밀이 숨겨져 있다.

첫째, 기둥은 밑에서부터 위까지 같은 두께가 아니다. 중간 부분을 살짝 두껍게 '배흘림' 처리하고 윗부분을 약간 가늘게 했다. 그런데 그 이유가 놀라웠다. 같은 두께로 하면 멀리서 볼 때 중간 부분이 가늘어 보이는 착시현상이 생기는 것을 고려해, 멀리서도 같은 두께처럼 보이도록 하려고 그랬다는 것이다.

둘째, 기둥은 수직으로 서 있지 않고 신전 중앙을 향해 약간씩 기울어져 있다. 수직으로 하면 밑에서 올려다 볼 때 위가 벌어져 보이는 착시현상이 생기기에, 기둥을 신전 중앙 쪽으로 살짝 기울여서 똑바로 선 것처럼 보이게 만든 것이다.

바닥 역시 수평으로 하지 않고 신전 중앙으로 갈수록 살짝 볼록해지게 했다. 수평바닥이 길어지면 가운데가 처져 보이는 착시현상을 고려했기 때문이다.

지금부터 2500년 전, 고대 그리스는 멀리서 볼 때에도 건물이 왜곡되어 보이지 않고 똑바른 것처럼 보이게 하려고 일부러 건물을 비뚤게 짓는 태도를 가진 문명이었다. 다른 사람의 시선과 입장을 이토록 철저하게 배려한 문명이 있었을까? 그 이전에도 없었고, 이후에도 없었다. 나는 이런 태도 속에 모든 개인과 조직의 재탄생의 비밀이 있고, 혁신의 비밀이 있다는 것을 깨닫게 되었다. 그리스와 로마의 문화를 다시 살린다는 것은 바로 이런 인문정신으로 돌아가는 것을 의미한다.

나는 고전을 공부하는 작은 학교를 운영 중이다. 이 학교가 추구하는 모토는 라틴어 'super astra'다. 우리말로는 '별보다 더 높이'다. 고전 공부를 통해 우리 모두가 별보다 더 높은 곳을 향해 나아가자는 의미다. 별보다 더 높은 곳은 과연 어디일까? 처음에는 몰랐지만 고전 공부를 통해 작은 깨달음을 얻을 수 있었다. 만약 우리가 철저히 상대방의 입장에서 그 사람 마음을 바라볼 수만 있다면 그 지점이야말로 별보다 높은 지점이고, 만약 우리가 철저히 다른 사람의 시선에서 나를 보고 내가 하는 일을 볼 수만 있다면 그 지점이야말로 별보다 더 높은 지점이라는 것이다.

지금 대한민국 그리고 기업들은 기로에 서 있다. 어떻게 이 난국을 헤쳐가야 할 것인가? 방법은 하나다. 다시 고대 그리스의 정신으로 돌아가는 것이다. 철저히 상대방의 입장에서 그 마음을 들여다보고, 또 다른 사람의 눈높이에서 나 그리고 내가 하는 일을 바라보아야 한다. 그럴 때만이 우리는 새 길을 찾을 수 있다고 생각한다. 사람의 마음을 헤아리고 공감하는 그 정신에 창조의 원천이 고스란히 숨겨져 있다.

톨스토이가 찾아낸, 행복한 삶을 만드는 비밀

> "우리는 의약품과 치료약에 그토록 매료되지만, 가만히 생각해 보면 우리의 가장 오래된 약은 진심어린 동정과 사랑이다. 의사로 개업해 보면 그런 것들이 치유과정에서 얼마나 큰 역할을 하는지 금방 알게 된다." - 비벡 머시 박사(미국 국가보건 책임자)

우리가 죽음을 앞두고 있을 때 가장 간절하게 원하는 한 가지 소망은 무엇일까? 톨스토이는 이것이 무척 궁금했다. 죽음 직전 바로 그 순간에 가장 원하는 소망은 평소의 삶에서도 무척이나 소중한 것이기 때문일 것이다. 그래서 톨스토이는 이 책의 1권에 소개한 작품 〈이반일리치의 죽음〉을 통해 죽음의 과정을 파고든다. 이 책에서 내 마음을 강하게 뒤흔든 대목이 있었다. "그는 누군가 살살 어린애를 달래듯 자기를 어루만져주고, 입 맞춰주고, 자기를 위해 눈물을 흘려주기를 원했다." 나 역시 일상을 살아가면서 마찬가지를 꿈꾼다. 길고 긴 하루를 보내고 집으로 돌아올 때면 "누군가 나를 살살 어린애 달래듯 어루만져주고, 입 맞춰주고, 진심어린 위로를 해주기를" 소망하는 것이다. 하루 종일 가사에 시달리며 힘겨운 하루를 보낸 아내 또한 그렇지 않을까? "누군가 자신을 살살 어린애 달래듯 어루만져주고 위로해주기를." 직장에서도 사람들 마음은 똑같다. 상사는 부하직원으로부터, 또 부하직원은 상사로부터 "따뜻하게 보듬어주며 진심어린 위로와 감사의 말 한 마디 들을 수 있기를……."

왜 우리는 세상에서 가장 오래된 치료약인 그 말을 간절히 듣기 원하면서, 다른 사람에게는 해주지 않는 것일까? 너무나 각박한 세상을 사느라 연민의 마음을 잃고 있기 때문 아닐까? 아니 좀 더 솔직하게 말하자면 나의 고통만 보고 다른 사람의 고통과 어려움, 수고 따위에는 관심이 없는 것 아닐까? 그렇다면 그것은 대단히 큰일이다. 왜냐하면 연민은 철저히 상대방의 입장에서 그 사람 마음을 볼 때 생기는 내 안의 감정이기에, 별보다 더 높은 곳에 가는 조건인 동시에 상대방 마음속에 숨겨진 창조의 원천을 보는 눈이기 때문이다. 우리가 그 눈을 감고 있다면 내 안의 혁신과 새로움을 찾기 힘들지 모른다.

〈주홍글자〉에서 배운, 타인의 고통 보는 법

현실에서 다른 사람들의 마음속 고통을 보는 좋은 방법은 삶의 밑바닥으로 가보는 것이다. 소설 〈주홍글자〉는 '간음한 여자'로 낙인찍힌 여주인공이 영원히 지우지 못할 것 같았던 그 낙인을 어떻게 지우고 다시 공동체로 돌아올 수 있었는지에 대해 말한다.

17세기 중엽, 신대륙에 온 헤스터 프린은 곧 온다던 남편과 소식이 끊기고 외롭게 살던 중, 젊은 목사와 사랑에 빠져 사생아를 낳는다. 청교도 사회는 간통의 벌로 평생 동안 'A(adultery, 간음)'자를 가슴에 달라는 형을 선고한다. 어린 딸과 함께 밑바닥으로 떨어진 프린. 손가락질과 생활고로 막막하고 괴로웠지만, 그녀는 삶을 비관하거나 사회를 원망하는 대신 운명을 묵묵히 받아들인다. 그러자 이전에는 보지 못했던 것들이 보이기 시작한다. 많은 사람들의 가슴속엔 힘들고 괴로운 일들이 있다는 것이 보였고, 또 주위엔 병들고 의지할 곳 없는 불쌍한 사람들이 많다는 것을 알게 된다. 그녀는 비록 작은 힘이지만 약자들을 도우며, 이웃에 유용한 사람이 되기로 결심한다.

삶의 가장 밑바닥에 내려가면 다른 사람의 고통이 비로소 조금씩 보이기 시작한다. 높은 곳에서는 볼 수 없었던 사람들의 고통이 더 이상 남의 일로 보이지 않게 되는 것이다. 하지만 이 방법은 현실에서 전 재산을 걸었던 사업이 파산을 하거나, 엄청난 잘못을 저질러 감옥에 가거나, 육체적 정신적으로 나락으로 떨어지는 것과 같은 상황을 겪어야 하는 일이기에 너무나 가혹하다. 좀 더 쉬운 방법이 있지 않을까? 그것은 바로 책을 통해, 소설 속 주인공의 삶을 통해 배우는 것이다. 이른바 인문학적 감수성으로 연민의 눈을 뜨고 인문학적 상상력으로 현실을 극복해낼 방법을 찾아내는 것이다.

'읽는 고전'을 '보는 고전'으로 혁신하는 과업에 도전하다

> "한 사람이 가진 상상력의 두께는 그 사람이 가진 레퍼런스의 두께를 넘을 수 없다. 레퍼런스의 두께가 곧 나의 두께다. 우리는 너 나 할 것 없이 각자의 레퍼런스의 두께만큼만 세상을 보고 산다." - 정진홍, 〈완벽에의 충동〉

인문학적 감수성을 깨우고 인문학적 상상력을 선물해주는 고전은 수백 년 동안을 살아남은 책이기에 인류가 가진 최고의 레퍼런스이다. 하지만 고전이 가진 또 다른 이름은 '누구나 알지만 아무도 끝까지 읽지 않는 책'이다. 그 이유는 무엇일까? 결박을 두르고 있기 때문 아닐까? '어려움의 결박', '두꺼움의 결박', '두려움의 결박'. 삶이 파편화된 시대를 살다 보니 고전은 어느새 겹겹의 결박을 두른 '언터처블'이 되고 말았다. 그래서 나는 몇 년 전 고전 혁신 작업에 도전하기로 결심했다. '읽는 고전'을 '보는 고전'으로 재탄생시키는, '고전의 시각화'라는 고난도 외과수술(?)이다.

먼저 인류가 만든 가장 위대한 고전 500권을 선정하고, 한 권 한 권마다 5분 동영상으로 제작하는 작업에 착수했다. 이 세상의 누구도 아직 해보지 않은 시도였다. 목록은 서양의 이른바 '그레이트북스(Great Books)' 범주에 들어가는 책들과 여기에 한국, 중국, 일본을 비롯한 동양의 고전을 보완해 명실공히 인류의 고전이 되도록 구성하였고, 각 분야의 탁월한 평론가들에게 의뢰하여 책마다 해설과 평론을 받았으며, 20여 명의 구성작가들이 영상용 원고로 재구성하는 작업을 거쳤다. 그리고 10여 명의 젊고 유능한 모션그래픽 디자이너들이 원고를 영상으로 일으켜 세우는 도전적인 작업을 수행해주었다. 그 결과 3년여 만인 2016년 중반에, 마침내 고전을 5분 동영상으로 제작한 '고전5미닛'이 완성된 것이다.

영상은 오감을 찌릿찌릿 자극하는 힘이 있다. 하지만 한 가지 단점이 있다면 그것은 밑줄을 칠 수 없다는 것이다. 그래서 그중 30편을 선정하여 2017년 5월에 〈고전(古典) 결박을 풀다〉라는 제목으로 책을 출간했고, 많은 분들이 뜨거운 격려로 용기를 불어넣어 준 것에 힘입어 이번에도 30편을 담아 2권을 선보이게 되었다.

이 책에도, 머리 숙여 감사드려야 할 분들이 있다.
김욱동 선생을 비롯한 석영중 · 백승영 · 이주헌 등 탁월한 평론가 선생님들, 임은실 · 김선희 작가를 비롯한 20여 명의 구성작가들, 백창석 CL9 대표를 비롯한 10여 명의 모션그래픽 디자이너와 음악담당 제작진들, 투자와 협력을 해주신 카카오 김범수 의장과 임지훈 대표 · 유승운 대표 · 이진수 대표, (주)모네상스 창업을 물심양면으로 지원해주신 SK 최창원 부회장, 그리고 루첼라이 정원에서 함께 고전을 공부하는 학우들께 진심어린 감사를 전한다.

2017년 10월 **강신장**

3장 아웃사이더, 가난과 소외의 인문학

4장 가족, 슬픔과 기쁨이 시작하는 곳

5장 청춘, 흔들리고 성장하고 모험하고

6장 인간군상과 사회 풍자

제2부 사상·교양

7장 '철학', 멋진 인생을 가꾸는 힘

8장 머스트 리드 '인문교양'

9장 행복한 공동체 만들기, '정치·경제·사회'

10장 영원을 향해 서다, '종교'

제1부 문학

1장 **욕망과 광기의 인간들**

니벨룽의 노래 _ 독일 구전서사시

폭풍의 언덕 _ 에밀리 브론테

적과 흑 _ 스탕달

“교양을 갖추기 위해서는 반드시 이것을 읽어야 한다.”

괴테

1
니벨룽의 노래

The Nibelungenlied, 1200년경

QR

독일의 국민서사시, 중세 유럽문학의 최고봉

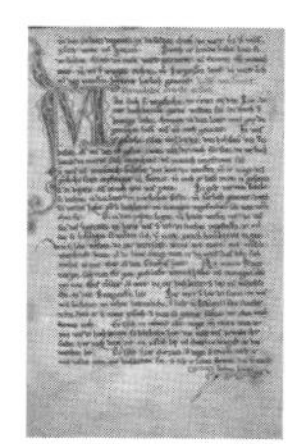

독일 구전서사시

라인 강변에 우뚝 솟은 보름스 궁전에는 부르군트 족의 공주 크림힐트가 살고 있었다.

어느 날 그녀는 매가 독수리 두 마리에게 찢겨 죽는 꿈을 꾸는데, 그 매가 장래 남편 될 사람의 운명이라는 예언을 듣고는 평생 결혼하지 않으리라 결심한다.

네덜란드의 왕자 지크프리트는 니벨룽
족의 보물을 지키는 용과 싸워 이기
고, 그 피로 목욕한 뒤 불사의 몸
을 얻은 영웅이다.

지혜롭고 용맹한 그에게 단
하나 없는 것은 아리따
운 아내.
절세미녀 크림힐트가 산
다는 보름스 궁에 찾아가
청혼을 하고, 왕자를 본 크림힐트 또한
첫눈에 사랑에 빠진다.

크림힐트의 오빠 군터 왕은 아이슬란드의 여왕 브륀힐트를 아내로 맞고 싶었다.
용맹하고 도도한 그녀와 결혼하려면 직접 무예를 겨뤄 이겨야 했지만 자신이 없었다.
지크프리트는 모습을 감추는 니벨룽의 보물을 이용해 몰래 군터의 승리를 돕고, 그 결과 두 쌍의 아름다운 부부가 탄생한다.
그리고 10년 뒤 다시 보름스를 방문하는 지크프리트 부부.
남편들의 서열 문제로 시누이와 올케가 언쟁을 벌이게 되고, 화가 난 크림힐트는 브륀힐트에게 10년 전 오빠 부부의 결혼 뒤에 숨겨진 비밀을 폭로한다.

속아서 결혼한 것을 알고 굴욕감에 분노하는 브륀힐트. 그녀는 신하 하겐을 끌어들여 지크프리트를 죽이려 한다.

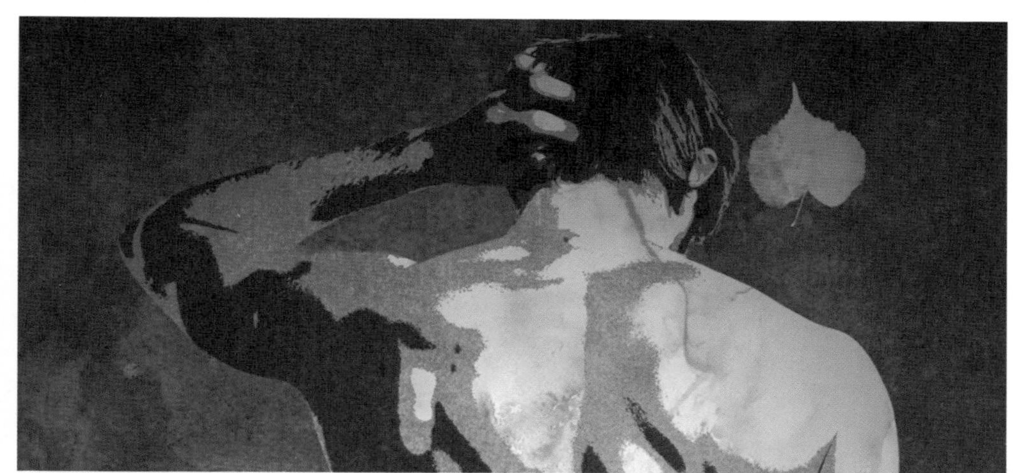

불사신인 지크프리트에게도 숨겨진 약점이 하나 있었다. 용의 피로 목욕할 때 보리수 잎 하나가 등에 붙어 그 부분은 맨살로 남은 것. 이를 알아챈 하겐은 지크프리트의 등 뒤에서 칼을 꽂아 죽인다.

비극의 미망인이 된 크림힐트는 얼마 후 훈족의 왕 에첼과 재혼한다. 다시 세월이 흐르고, 크림힐트는 부르군트의 왕과 귀족들을 헝가리로 초대한다.
그녀의 슬픔이 이젠 사라진 걸까?

결코 그렇지 않았다.
오랜 시간 증오를 키우며 복수를 준비한 그녀는 일행이 도착하자 궁정 홀의 문을 잠그고 피의 살육전을 벌인다.
그녀는 하겐은 물론 오빠인 군터 왕을 비롯해 부르군트 일족을 몰살한다.
그 후 크림힐트 역시 잔인한 살육에 격노한 에첼 왕에 의해 죽음을 맞는다.

700년간 사람들의 입에서 입으로 떠돌다가 13세기 초엽에 기록으로 정착된 독일의 국민서사시 〈니벨룽의 노래〉. 게르만 민족의 영웅담, 북유럽의 신비로운 설화, 서기 437년 훈족이 라인 지방에서 부르군트 족을 멸망시킨 역사 등을 용광로처럼 녹여 담아낸 독일문학의 원형(原型)이다.

사랑과 결혼, 음모와 복수가 화려하고 섬세하게 때로는 광기 어린 격정으로 휘몰아치는 이 작품은, 드라마의 모든 요소를 담고 있어 수많은 예술가들에게 깊은 창작의 영감을 주기도 했다.

인간의 운명은 과연 타고나는 것일까? 공주는 불길한 예언에도 불구하고 지크프리트와 사랑에 빠지고, 불사의 영웅은 운명의 나뭇잎 하나 때문에 쓰러졌다. 이것을 보면 인간은 운명의 포로인지도 모른다.

그러나 동시에 운명에 분노하고 대항하는 존재이기도 하다. 남편을 잃은 크림힐트는 운명의 가련한 포로로 남지 않고, 세상에서 가장 잔혹한 복수의 화신으로 바뀌었다. 그 끝이 설사 죽음과 파멸뿐일지라도 가차 없이 질주하여 산화(散華)하는 삶.

요한 하인리히 휘슬리,
〈군터를 감시하는 브륀휠트〉(1807)

태풍과 거센 파도가 없다면 바다가 아닌 것처럼, 세상도 그리고 우리의 인생도 때로는 분노와 비극의 힘으로 나아간다.

지금 어떤 비극이 당신을 움직이고 있는가?
또, 지금 나에게 필요한 분노는 무엇일까?

작품 속 명문장

그들의 명예와 존엄을 지탱해주던 사람들이 모두 죽었다. 피가 냇물처럼 흘러 바닥을 적셨다. 남은 사람들은 사랑하는 이들의 죽음을 슬퍼하며 울었다. 왕의 잔치는 깊은 비탄 속에 막을 내렸다. 즐거움 뒤에는 언제나 고통이 대가로 따르는 법이다.

www.monaissance.com

“사랑의 고통과 황홀, 그리고 잔인함을 이토록 강렬하게 쏟아낸 작품은 없었다.”

윌리엄 서머셋 모옴

2

폭풍의 언덕

Wuthering Heights, 1847

"〈폭풍의 언덕〉은 모든 독자를 만족시키는 고전 중의 고전"—해럴드 블룸

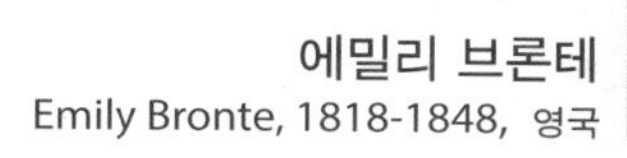

에밀리 브론테

Emily Bronte, 1818-1848, 영국

1801년 잉글랜드 요크셔 지방.

바람이 불면 정면으로 바람을 맞아야 하는 집, 워더링 하이츠(Wuthering Heights).

셋집 주인을 만나러 온 나는 눈보라에 갇혀 이곳에서 하룻밤을 묵게 되었다.

방 안에서 우연히 발견한 곰팡이 핀 책 한 권.

덕분에 나는 이 집에서 일어난 격정적인 사랑과 증오, 그리고 처절한 복수에 대해 알게 된다…….

폭풍우 치는 어느 날, 집주인 언쇼는 일을 보러 리버풀에 갔다가 고아 히스클리프(Heathcliff)를 데려와 아들처럼 키운다.

히스클리프와 이 집의 딸 캐서린은 점차 사랑에 빠지게 된다.

언쇼가 노환으로 죽자 캐서린의 오빠 힌들리는 자신보다 더 아버지의 사랑을 받았던 히스클리프를 가혹하게 학대하고, 히스클리프는 힘든 시간을 맞지만 캐서린에 대한 사랑으로 이겨낸다.

몇 년이 지난 어느 날 캐서린과 가정부의 대화를 우연히 엿듣게 된 히스클리프.

"내가 근본도 모르는 히스클리프와 결혼한다는 것은 곧 내가 비천해 진다는 거야."

충격을 받은 히스클리프는 캐서린을 떠나고 만다. 그 뒷말을 듣지 못한 채.

"그럼에도 불구하고 내가 히스클리프를 사랑하는 건 **그가 나보다 더 나 자신이기 때문이야.** 그와 나의 영혼은 같은 것으로 이루어져 있어."

그 후 지주의 아들인 에드가 린튼과 결혼하게 되지만 여전히 히스클리프를 잊지 못하는 캐서린.
3년 뒤 히스클리프는 큰돈을 벌어 부자가 되어 돌아오는데, 이제 그는 과거의 그가 아니었다.
자신을 괴롭히던 힌들리를 도박으로 파산시켜 워더링 하이츠를 손에 넣고, 캐서린 남편의 여동생인 이사벨과 결혼해 그녀를 학대한다.
그리고 광기어린 복수심과 애증은 끝내 사랑하는 캐서린까지 죽음으로 내몬다.
하지만 캐서린이 죽은 뒤까지도 사그라지지 않는 히스클리프의 집착.

"캐서린, 당신은 내가 살아 있는 동안은 절대로 편히 쉬지 못해!"

"당신이 유령일지라도 언제나 나와 함께 있어 줘. 제발 나를 미쳐버리게 해줘!"

몇 년 후, 그의 소원이 이루어진 것일까?
히스클리프는 캐서린의 영혼을 찾아 헤매다 쓸쓸히 숨을 거둔다.
영혼이 하나가 되었다고 믿었던 어느 소년과 소녀의 순수했던 사랑, 그 사랑에 단 한 번의 폭풍이 몰아치자 결국 파멸과 죽음이 찾아온 것이다.

한 남자의 악마 같은 애증을 서정적이면서도 강렬한 필치로 묘사한 에밀리 브론테의 첫 소설이자 마지막 소설 〈폭풍의 언덕〉.

19세기 영국은 산업혁명으로 최고의 황금기를 맞았다. 그리고 이 소설이 출간된 빅토리아 여왕 시대는 그 어느 때보다 윤리와 도덕의식이 엄격했다.

"내용이 너무 잔인하고 비윤리적이다!"
"주인공이 지나치게 비현실적이다!"

이 소설이 처음 발표되었을 때 쏟아진 혹평이다. 하지만 인간 내면에 감추어진 모순과 혼돈을 깊이 들여다 보았기에, 지금은 영국문학을 대표하는 소설로 평가받고 있다.

프란츠 사버 빈터할터, 〈빅토리아 여왕의 가족〉(1846)

“사랑의 고통과 황홀, 그리고 잔인함을 이토록 강렬하게 쏟아낸 작품은 없었다.”—윌리엄 서머셋 모옴(영국 작가)

윌리엄 서머셋 모옴(1874-1965)

주인공의 이름인 ‘히스클리프(Heathcliff)’는 황야를 뜻하는 ‘히스(heath)’와 절벽을 뜻하는 ‘클리프(cliff)’를 합친 말.
그의 내면 풍경은 아마 폭풍이 휘몰아치는 황야의 절벽과 같을 것이다. 그 척박한 곳에서 피어난, 죽음조차 멈출 수 없었던 폭풍 같은 사랑. 하지만 이기적이고 절제되지 않은 사랑은 타인은 물론 자신의 삶까지 송두리째 파괴하고 말았다.

누군가를 사랑하고 있는 당신에게 작가 에밀리 브론테가 묻는다.

당신의 사랑은 폭풍을 이겨낼 준비가 되어있나요?

작품 속 명문장

"내 격렬한 분투가 이렇게 초라하게 끝난단 말인가? 두 집안을 때려 부수려고 지렛대와 곡괭이를 장만해두고 헤라클레스 같은 힘을 갖추려고 나 자신을 단련해왔는데, 막상 모든 준비가 끝나고 내 힘으로 뭐든지 할 수 있게 되니까 어느 집 기와 한 장도 들어 올리고 싶은 마음이 없어지네. 내 숙적들은 나를 쓰러트리지 못했어. 그리고 지금이야말로 그들의 자식들한테 복수할 절호의 기회지. 난 그럴 수 있어. 누구도 막지 못해. 하지만 이게 다 무슨 소용이야? (…) 난 그들의 파멸을 즐길 힘도 잃었어."

"출세하지 못할 바엔 차라리 죽고 말겠어."

〈적과 흑〉 중에서

3
적과 흑

The Red and the Black, 1831

"이 소설은 백 년 뒤의 독자들이나 이해할 것이다."—스탕달

스탕달
Stendhal, 1783-1842, 프랑스

가난한 목수의 아들이지만 천재적 두뇌에 수려한 외모까지 갖춘 쥘리앙 소렐.
그가 갈망하는 것은 부모에게서 물려받은 천민의 신분에서 영원히 벗어나는 것이다.

쥘리앙의 마음속 영웅은 프랑스의 성공신화 나폴레옹 보나파르트.
코르시카 출신의 병사였지만 남다른 야망과 투지로 신분상승에 성공하고, 결국 프랑스의 황제로까지 등극하지 않았던가.
하지만 나폴레옹의 몰락 이후 하층민이 군인으로 출세하는 것이 사실상 어려워지자 그는 성직자의 길을 선택한다.

때는 이름하여 '적과 흑의 시대'였다.
적(赤)은 장교의 붉은 군복, 흑(黑)은 성직자의 검은 사제복을 상징하며, 당시의 하층계급이 출세할 수 있는 길은 오직 이 두 가지 길뿐이었다.
신학교에 진학한 쥘리앙은 부유한 레날 시장(市長) 집의 가정교사가 된다.
그리고 그 집의 기품 있는 안주인 레날 부인을 유혹한다.
처음에는 부유한 계급에 대한 증오심에서 레날 부인을 정복하려 했지만, 그녀의 순수한 사랑에 이끌려 그 역시 점점 낭만적인 연애에 빠지고 만다.

하지만 두 사람의 연애는 오래가지 못했다.
하인의 밀고로 그들의 관계가 레날에게 탄로 났기 때문이다.

스캔들은 레날 가문의 명예를 더럽혔기에, 쥘리앙은 쫓겨나 수도원으로 보내진다.
하지만 쥘리앙은 수도원에서도 능력을 인정받아 사제의 도움으로 후작의 비서가 된다.

"출세하지 못할 바엔 차라리 죽고 말겠어!"
여전히 신분상승을 노리는 쥘리앙.
그가 이번에는 후작의 딸 마틸드를 유혹한다.
거만하기로 소문난 그녀의 마음을 마침내 얻어내고야 마는 쥘리앙.
딸의 임신을 알게 된 후작은 마지못해 두 사람의 결혼을 승낙한다.

쥘리앙이 그토록 바라던 권력과 명예와 재산을 움켜쥐려는 바로 그 순간!
쥘리앙의 과거를 폭로하는 레날 부인의 편지가 후작에게 전달된다.

모든 것이 물거품으로 돌아가자 분노에 눈이 먼 쥘리앙.
레날 부인을 찾아가 권총 방아쇠를 당긴다.

사랑은 왜 죽음을 앞둔 순간에야 확연해지는가?
감옥에 갇힌 쥘리앙은 레날 부인이 죽지 않았다는 소식에 안도하며, 그녀를 향한 자신의 사랑이 진심이었음을 깨닫게 된다.
그러나 쥘리앙은 항소를 포기하고, 가장 행복했던 사랑의 순간을 회상하며 형장의 이슬로 사라진다.

낭만주의가 만개하던 프랑스문학에 사실주의의 새 장을 열어준 소설로 평가받는 스탕달의 〈적과 흑〉. 부제 '1830년의 연대기'가 말해주듯, 왕정복고 시대의 프랑스 사회를 예리하게 포착한 작품이다.

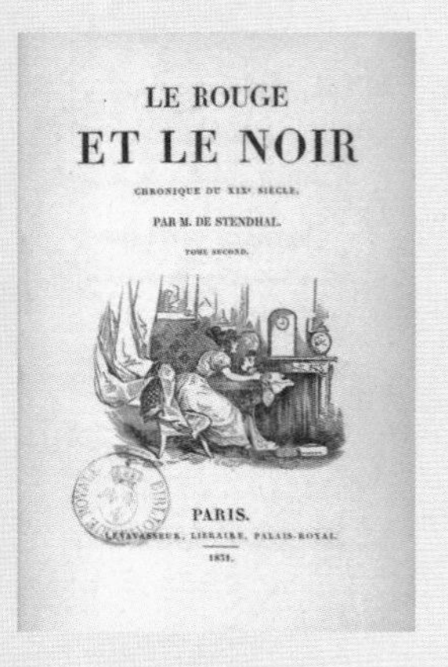
LE ROUGE
ET LE NOIR
CHRONIQUE DU XIXe SIÈCLE.
PAR M. DE STENDHAL.
TOME SECOND.
PARIS.
LEVAVASSEUR, LIBRAIRE, PALAIS-ROYAL.
1831.

프랑스 대혁명과 나폴레옹 시대가 지나간 뒤 복귀한 부르봉 왕조의 왕정복고 체제. 대담한 신분상승을 꿈꿀 수 있었던 나폴레옹 시대와 달리 이 시대는 평민에게 기회를 허용하지 않는, 귀족과 성직자와 부유층의 특권의식이 팽배했던 폐쇄적인 시대였다. 계급의 벽을 뛰어넘어 사회 상층부로 비상하고 싶었던 청년은 출세를 위해 무슨 짓이든 저지르면서 사회를 향한 분노와 반항을 쏟아낸다.

"가장 선하다는 것도, 가장 위대하다는 것도 모두 위선일 뿐이다."
—쥘리앙 소렐

소설의 주인공 중 쥘리앙 소렐만큼 많은 논란을 불러일으킨 이도 없을 것이다. 19세기 비평가들은 이 인물을 비난하고 손가락질하기에 바빴다. 출세를 위해서라면 수단방법을 가리지 않는 천박한 패륜아로 본 것이다.

그러나 현대 비평가들은 그를 변호하는 양상을 보인다. 야망을 품었으되 동시에 독특한 진실성을 지닌 순수한 인물, 사회적 성취에 대한 강한 뜻을 품었으나 진부하고 폐쇄적인 사회구조에 부딪쳐 희생당하는 젊은이로 보는 것이다.

소설 주인공에 대한 평가가 이렇게 바뀐 것은 곧 그 소설을 읽는 방식이 달라졌다는 것을 의미한다. 이 모든 것을 스탕달은 예견했던 것일까? 〈적과 흑〉을 발표하면서 그는 "내 소설은 백 년 뒤의 독자들이나 이해할 것"이라 말했다.

시대 현실을 거울에 비추듯 그려낸 〈적과 흑〉은 프랑스 사실주의 문학의 문을 열었을 뿐 아니라, 쥘리앙의 심리와 연애 과정을 치밀하고 섬세하게 묘사해 심리소설의 초석을 세우기도 했다. 〈적과 흑〉이 연애소설로도, 역사적 사료집으로도 그리고 사회학 책으로도 읽힐 수 있는 이유다.

한편 〈적과 흑〉에서 '적(赤)'은 단순한 군인의 색을 넘어 쥘리앙이 가장 원했던 '이상과 열정'을 상징하고, '흑(黑)'은 성직자의 색이면서 동시에 군인의 길이 막히자 현실과 타협하여 선택한 '세속적 야망'을 상징한다는 해석도 있다.

기회의 문을 차단했던 왕정복고 시대나, 그 시대와 불화한 주인공 쥘리앙은 이제 사라졌는가?

사회가 만든 제도와 관습에 갑갑증을 느끼고,
그것을 뚫고 나오려 몸부림치는 영혼이 있다면,
당신은 이미 또 다른 쥘리앙이다.
당신의 '적과 흑'은 무엇인가?

작품 속 명문장

쥘리앙의 사형이 집행되던 날, 다행히도 태양이 온 세상을 환하게 내리쬐고 있었다. 쥘리앙도 용기가 솟았다. 툭 트인 대기 속을 걷자니 마치 오랫동안 바다 위를 떠돌던 뱃사람이 육지를 딛는 것처럼 산뜻한 기분이 들었다. 모든 게 잘 되고 있어. 그는 자신에게 속삭였다. 나는 전혀 두렵지 않아.
지난 날 베르지 숲속에서의 행복했던 시간들이 그의 머릿속에 강렬하게 되살아나던 순간, 가장 시적(詩的)인 바로 그 순간에 쥘리앙의 머리는 잘려나갔다. 모든 게 단순하고 담백했다. 쥘리앙은 아무런 가식 없이 최후를 마쳤다.

2장 **공동선과 휴머니즘을 찾아서**

전쟁과 평화 _ 레프 니콜라예비치 톨스토이

레 미제라블 _ 빅토르 위고

두 도시 이야기 _ 찰스 디킨스

“영웅은 존재할 수도 없고 또 존재해서도 안 된다,
오직 인간만이 존재해야 한다.”

톨스토이

4
전쟁과 평화

War and Peace, 1869

"19세기의 모든 소설 위에 군림하는 거대한 기념탑이자 근대의 〈일리아드〉다."—로맹 롤랑

레프 니콜라예비치 톨스토이

Lev Nikolayevich Tolstoy, 1828-1910, 러시아

전운이 감도는 1805년의 러시아 상트페테르부르크.

피에르는 유서 깊은 베주호프 백작 가문의 서자(庶子)다.
거구에 못 생기고 방탕했지만, 막대한 유산을 상속받으면서 사교계의 스타가 된다.

그는 요부(妖婦)인 엘렌의 미모에 홀려 결혼하지만, 곧 아내의 천박한 행실에 환멸을 느끼게 되자 삶의 의미를 찾아 방황하기 시작한다.

피에르의 친구인 안드레이 공작.
그는 잘생긴 외모에 지성까지 겸비했지만 삶에 대해 냉소적이다.
무의미하게 반복되는 일상에 염증을 느끼고 아내와의 결혼생활도 만족스럽지 않자 군에 자원입대 했다가, 전투에서 큰 부상을 입고 돌아온다.
그런데 바로 그날, 아내가 아들을 낳고 숨을 거둔다.
죄책감에 빠진 안드레이, 그는 삶의 의욕을 잃고 은둔한다.

2년 뒤 어느 날, 그에게 새로운 사랑이 찾아온다.
생기발랄한 로스토프 백작 가문의 딸 나타샤.
그녀를 만나 사랑에 빠지고 두 사람은 약혼을 하게 되지만, 안드레이가 외국에 가 있는 사이 나타샤가 호색한(好色漢) 아나톨의 유혹에 넘어가게 되면서 두 사람은 파혼하게 된다.
수치심과 죄책감에 사로잡힌 나타샤, 그녀는 한없이 괴로운 나날을 보낸다.

1812년, 나폴레옹이 러시아를 침공한다.
전투에서 중상을 입고 수도원으로 이송된 안드레이는 그곳에서 나타샤와 우연히 재회한다.
나타샤는 지난 일을 속죄하며 극진한 사랑으로 그를 간호한다.
비로소 안드레이는 나타샤와 아나톨, 그리고 세상의 모든 사람, 모든 것을 용서한다.

그리고 나타샤가 지켜보는 가운데, 마음속 전쟁을 끝내고 평화로이 눈을 감는다.

"사랑은 죽음을 방해한다. 사랑은 생명이다. 내가 이해하는 모든 것은 오직 사랑하고 있기에 이해되는 것이다."

한편, 폐허가 된 모스크바에서 나폴레옹을 암살하려던 피에르는 계획이 실패하며 프랑스군에 포로로 잡힌다.

수용소에 수감된 피에르는 그곳에서 순박하고 평범한 농부 플라톤을 만나는데, 매사 분석적인 태도로 삶을 대하던 자신과 달리 플라톤이 어떤 상황에서도 삶 그 자체를 사랑하는 것을 보게 된다.

피에르는 러시아적 선량함에 눈 뜨는 동시에 민중이 가진 지혜를 깨닫게 된다.

이러는 사이, 전쟁은 어떻게 되었을까?

나폴레옹에 점령당했던 러시아는 상황을 신중하게 관망하던 쿠투조프 총사령관의 '기다림'의 전술에 힘입어 마침내 프랑스군을 몰아내고 평화를 되찾는다.

러시아가 자랑하는 세계적인 대문호 레프 톨스토이의 혼신의 역작 〈전쟁과 평화〉. 톨스토이 문학의 정수로 꼽히는 이 작품은 역사에 대한 혜안과 삶에 대한 강렬한 애정, 천부적인 예술혼이 결합해 만들어낸 삶에 대한 완벽한 기록이다.

"소설도 아니고, 서사시는 더욱 아니며, 역사서는 더더욱 아니다."—톨스토이

〈전쟁과 평화〉는 19세기 초에 러시아가 치른 두 번의 대(對) 나폴레옹 전쟁을 배경으로 '역사를 움직이는 힘은 무엇인가'에서 시작하여 '삶이란 무엇인가'에 대한 성찰로 마무리되는 작품이다.

톨스토이의 역사관을 함축한 인물인 쿠투조프 총사령관. 그는 군인답지 않은 '인내'와 '관조'의 자세로 나폴레옹의 50만 대군을 섬멸한다.
"그는 자기의 의지보다 강한 것, 사건의 필연적인 진행이 있음을 알고 있다."

민중의 삶을 대변하는 농부인 플라톤은 수백만 민중들이 소리 없이 만들어가는 역사를 상징한다.
"삶은 전체다. 모든 것은 변하고 운동한다. 삶이 있는 한 기쁨이 있다. 행복은 고통 가운데서도 이 삶을 사랑하는 데 있다."

플라톤을 통해 오랜 방황을 끝내게 되는 귀족 피에르. 모든 것을 따지고 분석했던 그에게 이제 '왜'라는 의문은 존재하지 않는다. 인생의 목적은 사는 데 있다는 삶의 철학을 깨달은 그는, 역시 삶의 화신처럼 생명력 있는 나타샤와 함께 새로운 미래를 그리게 된다.
"삶의 목적이란 존재하지도, 존재할 수도 없다. 삶이 신이다."

등장인물만 599명이 된다는 거대한 역사 · 인물 드라마 〈전쟁과 평화〉. 귀족과 군인, 농민 등 다양한 인물을 등장시켜 전쟁과 이별, 죽음과 파멸을 겪어낸 인간이 어떻게 새로운 삶을 찾아내고 그것의 의미를 깨달아가는가를 깊이 있게 그려내고 있다.

당신은 당신의 삶을 사랑하는가?
고통의 한가운데서도 삶을 사랑할 수 있는가?
만약 그렇다면 당신의 삶이 바로 '신'이다.

작품 속 명문장

이 좁고 꽉 막힌 틀에 갇혀 나는 왜 죽어라 고군분투하며 괴로워하는가? 인생이, 기쁨 가득한 인생이 내 앞에 활짝 열려 있는데. 안드레이는 자신에게 말했다. (…) 나는 아직 젊고 기운이 팔팔하지 않은가. 내가 해보고 싶은 건 무엇이든 다 해보자. 행복해지고 싶다면 행복의 가능성을 믿어야 한다고 피에르가 말했지. 그 말이 진리야. 그리고 지금 난 내가 행복해질 수 있다는 걸 믿어. 그는 계속해서 자신에게 속삭였다. 죽은 자를 묻는 일은 죽은 자에게 맡기고, 목숨이 붙어있는 한은 기필코 살아서 행복해져야 해.

"우리는 예전에는 자유를 위해 싸웠는데 이제는 빵을 위해 싸우는구나!"

〈레 미제라블〉 중에서

5
레 미제라블

Les Misérables, 1862

QR

프랑스에서 성경 다음으로 가장 많이 읽히는 책

빅토르 위고
Victor Hugo, 1802-1885, 프랑스

누이와 일곱 명의 굶주린 조카를 위해 빵 한 조각을 훔친 청년 장 발장. 그는 5년형을 선고받았으나 4번의 탈옥 시도로 인해 결국 19년간 감옥에 있어야 했다.

중년이 되어서야 다시 세상으로 나왔지만 전과자인 그를 받아주는 곳은 없었다.
밥을 주는 사람도 잠잘 곳을 내주는 곳도 없고 간신히 찾아든 개집에서도 쫓겨난 그를 따뜻하게 대접해준 단 한 사람은 밀리에르 신부.

은식기를 훔쳐 달아다나 잡힌 장을 위해 신부가 자신이 준 것이라 증언하여 구해주고 은촛대까지 얹어주자, 그는 신부의 사랑에 감화되어 마들렌이라는 새 이름으로 새 삶을 시작한다.

사업가로 많은 재산을 모으고 가난한 사람을 돕는 시장이 되어 명망을 쌓았지만 자베르 경감만은 그를 의심하며 끈질기게 뒤쫓는다.

그 무렵 엉뚱한 사람이 장 발장으로 오인되어 감옥에 갇히자 장은 고민 끝에 모든 것을 버리고 자수한다.
그러나 과거에 그의 공장에서 일하다 죽은 여공과의 약속을 지키기 위해 다시 탈옥, 남의 집에서 학대받는 그녀의 어린 딸 코제트를 구출한다.
그리고 자베르의 추적을 피해 파리의 어느 수도원에 숨겨둔다.

파리에서 장은 열심히 일해 다시 많은 재산을 일구고, 아름답게 성장한 코제트는 공화주의자 청년 마리우스와 사랑에 빠진다.
코제트를 잃을까 염려한 장은 둘 사이를 달가워하지 않았지만, 1832년 6월 시민봉기에 참여한 마리우스가 큰 부상을 입자, 그를 구출해 내서 파리의 하수도 속을 헤집고 다니며 경찰을 따돌린다.

마리우스가 부상에서 회복되자 장은 코제트와 그를 결혼시킨다. 그리고 두 사람에게 자신의 과거를 들려주고 재산도 넘겨준 뒤 어느 날 조용히 눈을 감는다.

〈레 미제라블〉은 빅토르 위고가 35년간 구상해온 이야기를 17년에 걸쳐 집필한 대작이다. 이 책을 탈고한 뒤 작가는 이렇게 적었다.

"1861년 6월 30일 아침 8시 30분, 창문 너머로 비쳐드는 아침 햇살을 받으며 나는 〈레 미제라블〉을 끝냈다. (…) 이제는 죽어도 좋다."

빅토르 위고

프랑스 대혁명 이후 워털루 전쟁과 왕정복고, 파리 폭동으로 이어지는 19세기 격변기의 프랑스를 다룬 역사소설이면서 당시 민중들의 처참하고 고난에 찬 삶을 생생하게 그려낸 사회소설이다.

배고픔과 신분제에 대한 불만으로 혁명이 일어났지만, 사회는 더 큰 혼란에 빠지고 민중들의 삶은 더 비참해졌다. 치솟는 물가와 전염병, 술에만 의지하는 무산계급 남성들, 기아에서 벗어나기 위해 몸을 파는 여성들, 부모로부터 버려진 아이들……. 당시의 프랑스 사회는 지옥이 그대로 현실로 나타난 모습이었다.

"단테가 〈신곡〉에서 지옥을 그려냈다면 나는 현실에서 지옥을 만들어내려 했다."—빅토르 위고

집필 당시 〈레 미제르〉(Les Misères, 비참함)이던 제목은 나중에 〈레 미제라블〉(Les Misérables, 불쌍한 사람들)로 바뀌었다. 그리고 그 '불쌍한 사람들'의 중심에 주인공 장 발장이 있다.

한평생의 대부분을 기구하고 불행하게 살아야 했던 장 발장. 사람들의 냉대와 두드려도 열리지 않는 문 때문에 피폐해진 그의 영혼은 어쩌면 악의 유혹에 영영 넘어갈 수도 있었다. 하지만 밀리에르 신부의 관용에 감동받은 장은 새롭게 태어나고, 자신도 사랑의 강력한 힘을 실천하고 증명하는 사람의 길로 한 걸음씩 나아간다. 그러므로 장 발장에게 고통과 절망은 삶의 끝이 아니라 바로 구원의 출발점이었던 것이다.

무쇠가 뜨거운 용광로에서 단련된 후 강철이 되듯이, 한 비천한 인간이 고통과 시련 속에서도 사랑과 관용을 무기로 점차 좋은 사람이 되고 마치 예수와 같은 위대한 인간애를 실천하는 사람이 되어가는 길을 보여준 장 발장.

당신은 지금 삶의 고통과 시련을 어떻게 맞이하고 있는가?
그 시련 앞에 무릎 꿇고 굴복할 것인가?
아니면 구원의 출발점을 만들 것인가?

작품 속 명문장

곤궁한 삶의 구렁텅이로 추락하면서도 품격을 지켜낼 수 있는 사람은 거의 없다. 게다가 어느 단계쯤 되면 불운과 파렴치는 한 덩어리가 되어 구별이 애매해진다. 그런 상태를 나타내는 한 단어가 있다. 그 끔찍한 단어는 바로 '레 미제라블'. 이것은 과연 누구의 죄란 말인가?

여자와 어린이, 아랫사람과 약자, 가난한 이와 무지한 이의 잘못은 모두 남편과 아버지, 주인과 강자, 부자와 지식인의 잘못으로 돌아간다.

www.monaissance.com

"우리는 모두 천국을 향해 가고자 했지만
어쩐지 모두 반대방향으로 가고 있었다."

〈두 도시 이야기〉 중에서

6
두 도시 이야기

A Tale of Two Cities, 1859

세계 영어권 지역에서 가장 많이 팔린 소설책

찰스 디킨스
Charles Dickens, 1812-1870, 영국

1775년 영국의 런던.

"흉악한 강도들이 활개를 쳤다. 국가로서 내세울 만한 질서와 치안은 없었다."

같은 해 프랑스의 파리.

"높은 건물에서도 굶주림이 밀려나왔고, 빨랫줄에 널어놓은 너덜너덜한 옷에도 굶주림이 스며들었다."

어느 프랑스 귀족가문의 계획적인 살인을 알게 된 죄로 파리의 바스티유 감옥에 18년 동안 구금당했던 알렉산더 마네트 박사.

폐인이 되어서야 풀려나 딸 루시와 함께 영국으로 떠나는데, 런던으로 가는 배에서 샤롤 다네라는 청년을 만난다.
샤롤은 프랑스 귀족이었지만 가문의 악행에 환멸을 느껴 모든 권리를 포기하고 영국으로 망명하는 중이었다.

그로부터 5년 뒤, 런던.
프랑스의 첩자라는 누명을 쓰고 샤롤은 영국의 법정에 선다.
마네트 박사와 루시가 증인으로 나서기는 했지만, 샤롤의 무죄를 입증한 것은 그와 쌍둥이처럼 닮은 변호사 시드니 카턴이었다.

방탕한 삶을 살아가던 염세주의자 시드니는 샤롤을 통해 자신의 타락을 깨닫는다.
그리고 루시에게 생애 처음으로 사랑을 느끼지만 루시는 샤롤과 이미 결혼을 약속한 뒤였다.

한편, 프랑스에서는 바스티유 감옥 습격을 도화선으로 1789년 프랑스 대혁명이 일어난다.
옛 하인의 투옥 소식을 듣고 고국으로 달려간 샤롤은 혁명군에게 체포되고, 가문이 저지른 과거 악행이 밝혀지며 결국 사형선고까지 받게 된다.
샤롤은 가문의 악행과 직접적인 연관이 없었지만, 자유와 평등을 부르짖던 혁명은 점점 무분별한 복수로 변질되고, 한번 피 맛을 본 단두대는 더 많은 사람의 목을 요구했던 것이다.

고통스러워하는 루시를 남몰래 바라보던 시드니.
그는 사형 직전 감옥에 잠입해 샤를을 탈출시키고 자신이 대신 남는다.
그리고 샤를과 루시를 태운 역마차가 런던을 향해 달릴 때 시드니는
이제껏 볼 수 없었던 평화로운 얼굴로 기꺼이 단두대에 오른다.

셰익스피어와 더불어 영국의 대문호로 평가받는 찰스 디킨스의 대표작 〈두 도시 이야기〉. 소설의 시작인 1775년부터 1789년 프랑스 대혁명 직후까지 영국과 프랑스를 넘나들며 격동의 시대를 그려낸 역사소설이다.

18세기 말, 프랑스에서 대혁명이 일어나는 동안 영국에서는 산업혁명이 시작되었다. 이 소설이 발표된 1859년의 영국은 산업혁명과 식민지 개척으로 국가적 부를 축적하던 빅토리아 시대였으니, 프랑스 혁명은 바다 건너에서 일어난 남의 일 정도로 먼 역사가 되었을 것이다.

하지만 작가는 영국이 번영과 안정을 누리고 있다는 당시 대부분 사람들의 생각과는 달리 부패가 만연하고 계급격차가 극심해 혁명이 일어나기 직전의 프랑스와 큰 차이가 없다고 보았다. 그래서 소설 배경으로 등장하는 두 도시 런던과 파리는 일견 서로 대조되는 공간 같지만 결국 같은 문제점을 품고 있음을 암시하여, 당시 영국 사회의 모순과 지배계층의 부정부패를 지적하고 있다.

시대의 악과 모순이 곪아 터진 이 살육과 공포의 도시에 비상구는 있을까? 찰스 디킨스는 시드니의 숭고한 희생을 통해 부활의 가능성을 제시한다.

"나는 본다, 이 생지옥으로부터 아름다운 도시가 다시 세워지고 현명한 민중들이 다시 살아나는 모습을." —시드니 카턴

폭력과 파괴에 무감각해진 시대를 향해 피로써 복수하는 것이 얼마나 무의미하며, 조건 없는 사랑과 희생이 얼마나 큰 힘을 갖는지를 일깨우는 것이다.

200년이 더 흐른 오늘, 과연 우리가 살고 있는 도시는
따뜻하고 살만한 가치가 있는 곳인가?

작품 속 명문장

최고의 시절이자 최악의 시절이었다. 지혜의 시대이자 어리석음의 시대였고, 믿음의 세기이자 의심의 세기였다. 빛의 계절인 동시에 어둠의 계절이었고, 희망의 봄이면서 절망의 겨울이기도 했다. 우리 앞에는 모든 것이 있었지만, 한편으로 아무것도 없었다. 우리 모두는 천국을 향해 가고자 했으나 또한 모두 반대 방향으로 나아가고 있었다.

3장 아웃사이더, 가난과 소외의 인문학

무무_ 이반 투르게네프

목로주점 _ 에밀 졸라

굶주림 _ 크누트 함순

"노예는 사랑할 자격이 없다."

〈무무〉 중에서

7
무무

Mumu, 1854

러시아 '농노 해방'의 기폭제가 된 소설

이반 투르게네프

Ivan Sergeevich Turgenev, 1818-1883, 러시아

모스크바 근교의 대저택.

늙은 여지주는 시골에서 게라심이라는 농노를 데려온다.

그는 귀머거리에 벙어리였지만, 육 척 장신에 힘이 장사여서 네 사람 몫의 일을 거뜬히 해낸다.

그러던 어느 날, 게라심은 세탁부 타티야나에게 조금씩 애정을 품기 시작한다.

그러나 게라심의 마음을 눈치 챈 여지주는 모질게도 타티야나를 술주정뱅이 제화공 카피톤과 서둘러 결혼시킨다.

생전 처음으로 느껴본 사랑을 주인에 의해 빼앗긴 게라심.

그는 슬픔과 분노에 빠지지만 어쩔 수 없는 신분이라 체념하고 만다.

그렇게 상심해있던 어느 날, 게라심은 강가의 진흙 펄에 빠져 다 죽게
된 강아지를 구하게 된다.

그는 강아지를 데려와 어미가 자식을 돌보듯 정성을 기울였고, 벙어리인 그가 낼 수 있는 가장 다정한 소리, '무무'라는 이름도 붙여준다.

무무는 아침마다 옷깃을 잡아당기며 그를 깨웠고, 거만한 표정으로 그의 빗자루와 삽을 지켰으며, 그의 방에 아무도 얼씬거리지 못하게 했다.

그런데 어느 여름날 사건이 일어난다. 여지주의 눈에 이 낯선 강아지가 들어온 것이다.
그녀가 불러도 오지 않고, 먹을 것을 주려고 다가가자 금방이라도 물어버릴 듯 사납게 이를 드러내는 무무.
당장 무무를 없애라는 여지주의 명령에 농노들은 무무를 잡아가려고 한다.

게라심은 결심한 듯 직접 무무를 데리고 나간다.
그리고 선술집으로 데려가 고깃국 한 그릇을 먹인 뒤 쪽배를 타고 강으로 나가는데…….

> 그는 자기가 가져온 벽돌을 노끈으로 묶고, 올가미를 만들어서 무무의 목에 걸고는 무무를 물 위로 들어올렸다.

꼬리를 흔드는 무무의 눈을 차마 볼 수 없어 그는 얼굴을 반대쪽으로 돌린 채 살며시 두 손을 폈다.

게라심은 물에 떨어지면서 무무가 낸 날카로운 비명 소리도 '철썩' 하고 튀어 오른 둔탁한 물소리도 다른 아무 소리도 듣지 못했다. 그에게 가장 소란스러웠던 하루가 아무 소리도 없이 조용히 지나간 것이다.

그 일 이후, 게라심은 자신의 고향으로 돌아갔다.
그는 전처럼 네 사람 몫의 일을 했지만, 다시는 어떤 여자에게도 눈길을 주지 않았고 개도 기르지 않았다.

19세기 러시아의 대문호 이반 투르게네프의 단편 〈무무〉. 알렉산드르 2세의 '농노 해방'에 기폭제가 된 소설이다.

이 작품은 진정한 자유가 무엇인지에 관한 이야기다. 성실한 농노 게라심은 여지주에 의해 사랑할 자유를 박탈당한다. 생전 처음으로 사랑을 느꼈던 타티야나도, 자식처럼 애지중지 돌보던 무무도 자기 마음대로 사랑할 수 없었다.

노예는 사랑을 할 수 없다. 오직 자유로운 자만이 사랑할 수 있으며 다른 누군가를 자유롭게 해줄 수 있다. 그렇다면 여지주는 자유로운 사람인가?

그녀는 이름도 나이도 알려진 바 없는 그냥 나이 든 과부이며 지주이다. 희망도 삶의 기쁨도 사랑하는 사람도 없이 메마르고 지루한 삶을 살고 있기에, 그녀 역시 이 거대한 저택에 유배당한 채 '시간'이라는 무서운 힘에 부림을 당하는 운명의 노예일 뿐이다. 그녀 자신이 노예이기 때문에 자신의 노예에게 사랑할 수 있는 자유를 부여할 수 없었던 것이다.

또 고향으로 돌아간 게라심은 과연 자유를 찾았을까?
그는 노예의 삶을 끝내기 위해 스스로 무무를 죽여 애착의 줄을 끊고 구속의 굴레를 벗어난 듯 보인다. 그러나 이후 게라심은 외딴 농가에서 혼자 살며 그 누구도 사랑하지 않고 어떤 대상과도 교감하지 않는다. 어떤 감각도 거부하고, 어떤 감동도 없이 자기 존재에 자물쇠를 채운 삶을 사는 게라심. 이런 그를 과연 자유롭다고 할 수 있을까?

이렇듯 투르게네프는 〈무무〉를 통해 삶의 주인이 되는 것이, 또 진정한 자유를 얻는 것이 얼마나 어려운가를 깨닫게 한다.

당신은 지금 당신 삶의 온전한 주인인가?

작품 속 명문장

최근 빗질을 받았는지 무무의 털은 반질반질 윤기가 났다. 게라심 앞으로 양배추 국이 나왔다. 그는 빵조각을 부스러뜨려 국에 넣고 고기를 잘게 찢은 뒤에 그릇을 바닥에 놓았다. 무무는 평소처럼 점잖게, 주둥이에 음식을 거의 묻히지 않고 깔끔하게 먹기 시작했다. 게라심은 무무를 오래도록 응시했다. 문득 그의 눈에서 굵은 눈물 두 방울이 흘러내렸다. 한 방울은 무무의 이마에, 다른 한 방울은 무무가 먹고 있는 국에 떨어졌다. 그는 한 손으로 자기 얼굴을 가렸다.

“난 삶에서 큰 걸 바라지 않죠.
먹을 빵과 피곤한 몸을 누일 깨끗한 방 한 칸이면 충분해요.”

〈목로주점〉 중에서

8
목로주점

The Drinking Den, 1877

"나폴레옹이 칼로 해낸 일을 나는 펜으로 해내고 싶다." ― 에밀 졸라

에밀 졸라
Émile Zola, 1840-1902, 프랑스

일상의 고단함과 절망을 한 잔 술로 털어버리려는 소박한 사람들.
그저 열심히 일하며 내일의 행복을 꿈꿀 뿐인데, 운명은 블랙홀처럼
무자비하게 희망을 집어삼킨다.

다리를 조금 절기는 해도 제르베즈는 상냥한 성격에 부지런하고 생활력 강한 여성이다.
세탁부로 일하면서 가난하지만 언제나 소박한 꿈을 품고 살아간다.

“난 욕심 많은 여자가 아니에요. 삶에서 큰 걸 바라지 않죠. 먹을 빵과 피곤한 몸을 누일 깨끗한 방 한 칸이면 충분해요.”

그러나 그녀가 겨우 열네 살 때 만난 첫 남자 랑티에는 모자를 만드는 기술이 있다고는 하지만 경제적으로 무능한 건달에 바람둥이다.
제르베즈와는 아이 둘을 낳고 살지만 걸핏하면 아내를 구타하는 폭력적인 남편이다.

“삶에서 또 하나 바라는 게 있다면 그건 매를 맞지 않고 사는 거예요.”

결국 남편은 다른 여자와 눈이 맞아 집을 나가고, 제르베즈는 몹시 실망하지만 곧바로 마음을 추스르고 두 아이를 위해 열심히 살아간다.

이때 제르베즈에게 나타난 함석공 쿠포.
그는 착하고 성실하며 그녀를 진정으로 사랑한다.
둘은 열심히 일하고 저축하여 작은 세탁소를 차린다.
그들에게도 행복이 찾아와 미소 짓는 것 같았다.

그러던 어느 날, 운명이 둘의 행복을 시샘이라도 한 걸까?

쿠포는 지붕에서 떨어지는 사고를 당하고 만다.

다친 몸 때문에 함석공 일을 잃게 된 쿠포.

삶의 의욕을 잃은 채 목로주점에서 술에 찌들어 산다.

제르베즈도 이런 쿠포를 보며 결국 알코올 중독자가 되고 만다.

작은 침대에서 소박하게 살다가 죽고 싶다는 소망은 그녀에게 한낱 사치였을까?

어느 날 쿠포가 술에 취해 그녀의 첫사랑 랑티에까지 집에 데려오고, 무능한 두 건달과 아이들을 먹여 살리던 제르베즈는 결국 파산하고 만다.

그리고 청소부로 전락한 그녀는 아무도 돌봐주는 사람 없이 길거리에서 추위와 굶주림으로 비참한 종말을 맞는다.

프랑스 자연주의 문학의 이정표이자 에밀 졸라의 대표작인 〈목로주점〉. 이 작품은 홀어머니 아래서 극심한 생활고를 겪으며 자란 에밀 졸라의 자전적 소설이다.

'민중의 누추한 삶은 문학작품에 다루지 않는다'는 당시의 금기를 깨고 노골적 언어로 적나라하게 써내려간 이 작품은 문단에서 엄청난 비난과 찬사를 동시에 받았다. 하지만 출간 3년 만에 무려 100쇄를 돌파하면서 19세기 프랑스 최초의 베스트셀러가 되었다.

"나폴레옹이 칼로 해낸 일을 나는 펜으로 해내고 싶다." — 에밀 졸라

아파서도 안 되고, 단 한 번의 사고도, 단 한 번의 실패도 없어야 겨우 무사하게 살아갈 수 있는 하층민의 삶. 열심히 살아보려고 그렇게 발버둥치지만 서서히 조여드는 '환경의 덫'에 너무나도 무력하고 나약한 인간.

19세기 산업화에 따른 수공업의 몰락과 빈곤. 그 변화의 격랑 속에서도 흔들리지 않았던 것은 서민의 고단함을 노리고 독주를 팔던 '목로주점'뿐…….

한 개인의 비극적 삶은 오로지 당사자만이 짊어져야 할 몫인가? 사회적 책임은 없는 것일까? 민중의 참상을 알기보다는 아름답게 꾸민 '거짓 진실'을 원했던 사람들에게 에밀 졸라는 당당히 말한다.

"나의 작품이 나를 변호해줄 것이다.
이 작품은 거짓말을 하지 않는
민중의 냄새가 나는 최초의 민중소설이다."
—〈목로주점〉 서문

작품 속 명문장

이미 꿈을 다 이루었는데 무슨 아쉬움이 더 있겠는가. 제르베즈는 지난 날 자신이 바랐던 것에 대해 이야기했다. 과거에 맨몸으로 거리에 내몰리게 되었을 적에 그녀가 절실하게 원했던 것은 빵을 배부를 때까지 먹고, 조그만 방 한 칸이라도 마련해 몸을 누이며, 자식들 잘 키우고, 남편한테 매 맞지 않고, 내 침대에서 죽음을 맞는 것이었다. 지금 그녀의 꿈은 이루어지고도 남았다. 바라던 모든 것을 그 이상으로 갖고 있으니.

"잔인하도록 배가 고팠다, 죽어서 없어져버렸으면 싶었다."

〈굶주림〉 중에서

9
굶주림

Hunger, 1890

QR

"마음 가득히 피와 눈물이 솟구치는 소설"—앙드레 지드

크누트 함순

Knut Hamsun, 1859-1952, 노르웨이

“미칠 듯 배가 고팠다. 이 염치없는 식욕을 어떻게 하나. 어쩌다 이 지경까지 됐을까? 나는 호주머니를 뜯어내 씹기 시작했다.”

1880년대 후반, 노르웨이의 항구도시 크리스티아나•.

• 노르웨이의 수도 오슬로의 옛 지명

'나'는 '어느 누구도 엄청난 고통의 흔적 없이는 떠날 수 없는 이상한 도시'에 살고 있다.
초라한 다락방에서 궁핍하게 살고 있는데, 내가 가진 모든 것들은 전당포 주인한테 가 있다.
아무리 일자리를 찾아봐도 이 '이상한 도시'에서는 도무지 찾을 수가 없다.

밀린 방세 때문에 집주인이 깨기 전에 밖으로 나와, 굶주림에 허덕이며 온종일 거리를 헤매 다닌다.
그래도 나에겐 양심과 기사도 정신이 있다.

굶주린 아이들이나 노인을 만나면 어떻게 해서든 그들을 돕는다.

“나리, 제발 우유 살 돈 좀…….”
“저도 주머니 사정이 좋지 않은데…… 하지만 잠시만 기다리십시오.”

전당포로 달려간 나는 입고 있던 조끼를 맡기고 돈을 빌려 노인에게 건네준다.
노인이 이상한 눈으로 나를 보더니 그 돈을 도로 내민다.
나는 화가 나서 호통을 친다.

“당신은 지금 가장 정직한 사람을 보고 있는 거요! 돈은 받으시오. 감사해할 건 없어요. 내가 오히려 고맙단 말이오!”

빵 맛을 본 지 2주가 넘어간다.
공원묘지 한 구석에서 신문에 실릴 것을 기대하며 원고를 쓰는데 연필을 놀릴 힘조차 없다.
그러다가 글을 쓰는 사람에게는 전부라고 할 수 있는 연필을 찾아 씹어 먹기도 한다.

하루는 '신문에 글을 쓰는 저널리스트인데 열쇠를 잃어버려 집에 들어갈 수 없다'고 경찰에게 거짓말을 하고 무료숙박소에 가서 하룻밤을 묵었다.
다음날 아침, 무료로 밥을 먹을 수 있다는 걸 알았지만 굶주린 배를 움켜쥔 채 그곳을 나왔다.

그러던 어느 날, 나는 신문에 글을 기고하고 진짜로 돈을 받았다.
궁핍한 나에게는 재정적 승리요, 예술적 승리가 아닐 수 없다.
하지만 그 돈은 오래 가지 않았고, 며칠 째 굶던 나는 썩은 뼈다귀 하나를 얻어 뜯어 먹다가 세상을 저주하며 울부짖었다.

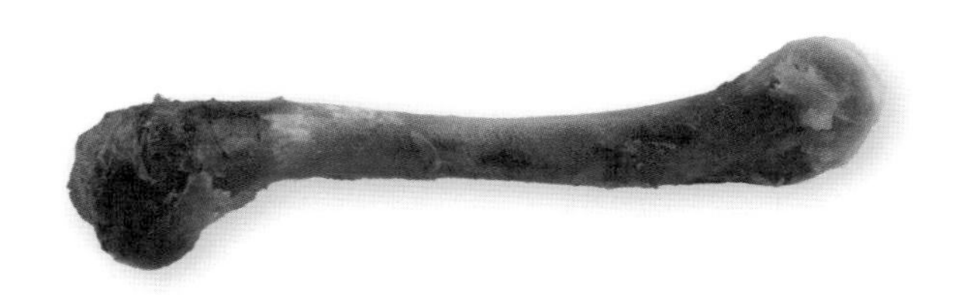

나는 굶주림에 지친 채 부둣가에 앉아 있다.
때마침 정박 중인 러시아 화물선을 보고 무슨 일이든 하겠다고 선장에게 사정하여 배에 오른다.
피로와 열에 들뜬 몸을 이끌고 배에 오른 나는 피오르• 에서 육지 쪽을 바라보며 크리스티아나를 향해 작별인사를 한다.
도시에는 집집마다 창문에 불이 밝게 비치고 있다.

• fjord, 빙하지형의 일종.

1920년 노벨문학상을 수상한 노르웨이 작가 크누트 함순의 첫 소설이다. 〈굶주림〉은 1886년 겨울에 함순이 직접 체험한 극심한 가난과 굶주림을 소재로 한 소설로, 소외된 현대인의 심리를 충격적일 만큼 사실적으로 묘사했다.

"나는 내 작품에서 피가 속삭이고, 골수가 간청하는 소리를 표현하려 했다."

또한 소설가 앙드레 지드는 이 작품의 서문에서 이렇게 말했다.

"독자는 이 야릇한 책을 한 장 한 장 넘긴다. 그리고 얼마 지나지 않아서 마음 가득히 피와 눈물이 솟구치는 것을 느낀다. (…) 그가 겪은 현실의 사실만을 통하여 독자를 압도하는 것이 이 대단한 작품의 특성이다."

노르웨이 문학을 세계에 알린 크누트 함순은 폴 고갱과 폴 세잔의 인상주의 화법을 문학작품에 옮겨놓음으로써 북유럽 문단에 신(新)낭만주의 운동의 불을 지폈다.

의식의 흐름과 내면의 독백이라는 함순의 독창적인 소설 세계는 프란츠 카프카, 헤르만 헤세, 토마스 만, 어니스트 헤밍웨이 등 20세기의 주요 작가들에게도 큰 영향을 미쳤다. 미국의 소설가이자 1978년에 노벨문학상을 수상한 아이작 싱어는 함순에 대해 이렇게 말했다.

"20세기 모든 소설의 갈래는 함순에게서 나왔다. 그는 현대문학의 아버지다."

아이작 싱어(1904-1991)

나치에 협력한 전력에도 불구하고 그의 작품성만큼은 인정받고 있는데, 특히 〈굶주림〉에서는 현대 산업사회가 겪고 있는 '절대 빈곤'뿐 아니라 또 다른 굶주림을 보여주었다. 현대인이라면 누구나 겪는 정신적 공허함과 허탈감이 그것이다.

오늘날 엄청난 고뇌와 불안, 그리고 소외 속에 살고 있는 우리들은 끊임없이 스스로에게 묻는다. '삶은 왜 이리도 슬프고 고달픈가?' 이 질문에 크누트 함순이 이렇게 답한다.

사람마다 조금 차이가 있을 뿐,
삶은 누구에게나 그런 것이다.

크누트 함순

작품 속 명문장

나는 뼈다귀에 붙어있는 살점을 뜯어먹기 시작했다. 아무 맛도 없었다. 뼈에 말라붙은 피의 역한 냄새 때문에 곧바로 구역질이 나왔다. 다시 시도했다. 어찌됐든 배에 집어넣기만 하면 되는 거다. 도로 게워내지 않는 것이 관건이었다. 그러나 나는 다시 토했다. 화가 치밀었다. 사납게 고기 살점을 물어뜯어서는 억지로 꿀떡 삼켰다. 그러나 아무 소용이 없었다. 고기가 위로 넘어가 데워지자마자 곧바로 도로 올라왔다. 나는 분노로 주먹을 불끈 쥐었다. 어찌해야 할지 몰라 눈물을 쏟으며, 제정신 아닌 사람처럼 뼈다귀를 갉아댔다. 뼈가 내 눈물에 젖어 더러워지도록 나는 울고, 토하고, 저주하고, 신음했다. 심장이 터져버릴 것처럼 울었고, 또 토했다. 나는 있는 목청껏 세상의 모든 신들에게 저주를 퍼부었다.

www.monaissance.com

4장 **가족, 슬픔과 기쁨이 시작하는 곳**

밤으로의 긴 여로_ 유진 오닐

카라마조프가의 형제들 _ 표도르 도스토옙스키

인형의 집 _ 헨릭 입센

"아버지를 비웃는 게 아니에요. 인생이 우습고 지랄 같아서 웃는 거죠."

〈밤으로의 긴 여로〉 중에서

10
밤으로의 긴 여로

Long Day's Journey into Night, 1939

QR

"내 오랜 슬픔을 눈물로, 피로 썼다."—유진 오닐

유진 오닐
Eugene O'Neill, 1888-1953, 미국

미국 코네티컷 주, 안개 자욱한 이 항구도시에 타이론 가족의 여름 별장이 있다.

막이 오르면, 아침식사를 마치고 거실로 하나둘 모여드는 네 식구. 시작은 유쾌한 농담과 잔소리가 오가는 평범한 중산층 가정의 모습. 그러나 대화가 오갈수록 팽팽한 긴장과 불안감이 느껴진다.

등장인물은 다음과 같다.

아버지 제임스 타이론(65):

한때 연극배우였으나 지금은 부동산 사업가.

어린 시절의 지독한 가난 때문에 돈에 집착하는 가장(家長)이 되었다.

그는 괴롭다.

신경과민 아내는 마약에, 방탕한 맏아들은 술에, 그리고 병약한 막내 아들은 염세주의에 찌들어 있기 때문이다.

어머니 메리 타이론(54):

유복한 집안의 딸로 수녀원 기숙학교를 졸업한 후 결혼했다.

결혼 초 남편의 극단(劇團)을 따라다니는 힘든 떠돌이 생활, 홍역으로 잃은 둘째 아들, 건강 문제 등으로 정신적 · 육체적 스트레스에 시달리다 모르핀 없이는 살 수 없게 되었다.

그녀는 불안하다.

마약에서 벗어나지 못하는 자신 때문에, 그리고 늘 자신을 의심하고 감시하는 가족 때문에.

맏아들 제이미 타이론(33):

술과 여자로 인생을 낭비 중인 반(半)백수.

어렸을 땐 총명했지만 학교도 직업도 제대로 풀린 게 하나도 없다.

그는 흔들린다.

'아버지 말대로 나는 정말 잡초 같은 놈일까?'

둘째 아들 에드먼드 타이론(23):

시인 기질을 가진 염세주의자.

니체와 쇼펜하우어, 보들레르, 오스카 와일드, 에드거 앨런 포 등 그가 좋아하는 철학자와 작가도 한결같이 허무와 퇴폐주의를 대표하는 사람들.

그는 아프다.

세상 때문에, 가족 때문에, 그리고 폐결핵에 걸린 자신의 몸 때문에…….

서로 사랑하지만 동시에 증오하는 사람들.
서로에게 상처를 주고 또한 서로 때문에 상처 받는 어느 가족의 긴 하루를 담은 4막극.

“장남이라는 게 평생 아비한테 빌붙어 살면서 고작 한다는 짓이 아비를 수전노라고 비웃고, 아비 직업을 비웃고, 저만 빼고 세상만사를 다 비웃는 게 전부지. 이런 배은망덕한 놈!”—아버지

“나도 어머니 때문에 가슴이 찢어져요. 하지만 아버지에게도 책임이 있어요. 어머니가 아플 때 싸구려 돌팔이 의사에게 맡기지 않았다면, 엄마도 모르핀에 중독되지는 않았을 거예요.”—맏아들

“가족들은 이제 아무도 나를 믿지 않지. 난 거의 평생을 불신과 감시와 의심 속에서 살았어. 차라리 혼자일 때가 편해. 그런데 신이시여, 왜 이리 쓸쓸한 거죠?”—어머니

“어머니, 사랑한다는 말은 잘도 하면서 내가 얼마나 아픈지 말하려고 하면 왜 들어주지 않으시나요? 늘 짙은 안개 속에 숨어 그곳에서 혼자 헤매는 어머니를 보고 있기 힘들어요.”—둘째 아들

곁에 있지만 보이지 않고, 곁에 있지만 대화를 나눌 수 없으며, 곁에 있지만 보듬어주지 못하는 사람들.
출구는 없다, 구원도 없다.
아침에서 오후, 밤으로 향하면서 갈등은 더욱 증폭되고, 결국 자정이 지나 저마다의 고독 속에 다시 남겨지는 사람들.

그들은 모두 안개에 갇혀버린 '안개 인간'들이다.

"안개는 우리를 세상으로부터 가려주지. 아무도 우리를 찾아내거나 건드리지 못하거든."

미국 극작가 중 처음으로 노벨문학상을 받고, 퓰리처상을 네 번이나 수상한 유진 오닐의 대표작이자 마지막 작품인 〈밤으로의 긴 여로〉. 1939년에 집필된 이 작품은 유진 오닐이 사망한 뒤인 1956년에 초연되었다.

"미국 최고의 희곡 작품! 가족관계와 그 사이의 상처를 이처럼 가차 없이, 그리고 애절하게 그려낸 작품은 없었다." —해럴드 블룸(미국 문학비평가)

해럴드 블룸(1930-)

자신의 비극적인 가족이야기를 고스란히 담아낸 작품으로, 폐병에 걸린 둘째 아들은 바로 작가 유진 오닐이다. 그는 말년에 손가락 마비에 시달리면서도 한 줄 한 줄 피를 토하듯 이 작품을 써 내려갔다.

"10년은 더 늙은 듯한 수척한 모습으로, 때로는 울어서 눈이 빨갛게 부은 채로 작업실을 나오곤 했다."

아내 칼로타는 이 작품을 집필하던 당시의 유진 오닐을 이렇게 회상했다. 아내에게 주는 헌사에서도 그는 이 작품이 “내 오랜 슬픔을 눈물로, 피로 쓴 드라마”라고 썼다. 무엇을 위해 그는 이렇게 힘든 과정을 겪은 것일까?

죽은 가족들 사이의 고뇌를 다시 마주하기 위해서였다. 원망과 미움 대신 연민과 이해를 품기 위해서였다. 그것이 바로 자신의 오랜 상처를 위로하는 길이기도 했다.
이 희곡은 가족 간의 고통과 방황, 용서를 담은 가장 위대하고 감동적인 작품으로 사랑받고 있다.

때로는 구원이 되기도 하고 때로는 상처의 근원이 되기도 하는 그 이름, 가족.
작가 유진 오닐이 당신에게 말한다.

당신의 가슴속에도 가족의 이름으로 묻어둔 상처와 슬픔이 있나요?
지금 꺼내어 보듬고 위로하세요.
당신의 위로가 당신을 치유합니다.

작품 속 명문장

제일 못 견디겠는 건 어머니가 보이지 않는 벽 속에 들어가 있는 거예요. 겹겹의 안개 속에 숨어 혼자 그곳을 헤맨다는 게 더 정확한 얘기겠네요. 그것도 의도적으로! 그게 사람 잡는 거예요. 엄마 안의 무엇인가가 일부러 그런 일을 벌여요. 우리 손이 닿지 않는 곳으로 훌쩍 벗어나 우리 존재를 아예 잊으려는 듯이. 그건 우리를 사랑하지만 또 미워하는 것과 같은 거죠.

www.monaissance.com

"모든 사람은 모든 사람에 대해 유죄다."

〈카라마조프가의 형제들〉 중에서

11

카라마조프가(家)의 형제들

The Brothers Karamazov, 1880

"인생에 대해 알아야 할 것은 모두 〈카라마조프가의 형제들〉 안에 있다."

—커트 보니것

표도르 도스토옙스키

Fyodor Dostoevsky, 1821-1881, 러시아

19세기 러시아의 어느 소도시에서 '친부 살해사건'이 일어났다.
피해자는 카라마조프 집안의 가장(家長)인 표도르.
표도르를 정의하는 단어들은 술집 주인, 고리대금업자, 악랄한 사업가, 이기주의자, 호색한, 속물…….

미천한 계급에서 자수성가해 지주가 된 그는 물욕과 음욕(淫慾)의 화신으로, 종종 이렇게 말했다.

"러시아는 돼지우리다. 러시아 백성은 두들겨 패야 한다."

어느 날 그가 잔혹하게 살해된 것이다.

그리고 부친 살해 용의자로 표도르의 세 아들이 지목된다.

첫 번째 용의자는 표도르의 장남인 드미트리.
아버지의 음탕한 피를 받아 주색에 빠져 살지만 마음속 깊은 곳에 순수함을 간직하고 있다.
살인 동기는 어머니의 유산 상속에 대한 불만, 그리고 아버지의 여자에 대한 연정.
아버지의 여자를 사랑한 드미트리는 질투에 불타 평소 '아버지를 죽이겠다'고 공공연히 말하고 다닌 인물이다.

두 번째 용의자는 차남인 이반.
명석한 두뇌를 가진 지식인으로, 이 집안에서 가장 교육을 많이 받았다.
살인 동기는 인간을 멸시하는 아버지에 대한 증오.
합리주의와 무신론으로 무장한 이반은, 탐욕스럽기만 한 아버지를 제거해야 한다고 평소에 생각했다.

마지막 용의자는 표도르가 거리의 여자와의 사이에서 낳은 스메르자코프.

사생아인 그는 이 집안의 성실한 하인이기도 하다.

살인 동기는 다른 형제들과의 차별대우.

자신을 악취 나는 곳에 두고 하인 취급을 하는 아버지를 누구보다 증오한다.

세 아들 중 아버지 표도르를 죽인 진범은 과연 누구일까?

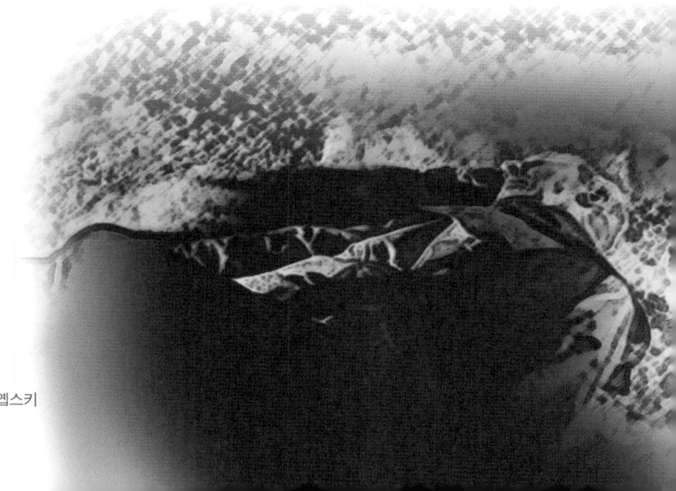

자신의 친아버지를 죽인 범인은 바로 스메르자코프.
그가 이반의 꾐에 빠져 아버지를 죽인 것이다.
하지만!

“아버지를 죽인 진짜 범인은 내가 아니고 바로 당신이야”

스메르자코프는 이반을 범인으로 지목하고 목숨을 끊는다.
살인을 교사한 이반은 양심의 가책으로 정신분열에 이르게 되고, 이

반의 연인 카테리나는 이반을 구하기 위해 아버지를 살해하려는 의도가 담긴 장남 드미트리의 편지를 찾아 모든 혐의를 뒤집어씌운다.

평소 방탕했으며 누가 봐도 유력한 용의자였던 드미트리.
하지만 그는 아버지를 죽이지 않았음에도 순순히 모든 죄를 덮어쓴다.
그리고 법정은 그에게 20년 징역형을 선고함으로써 러시아 전역을 충격에 빠트린 친부 살해사건은 막을 내린다.

한 가족의 갈등과 몰락을 통해 인간의 본성에 대해 심오한 질문을 던진 도스토옙스키의 문제작 〈카라마조프가의 형제들〉.

음탕하지만 순수한 드미트리.
지적(知的)이지만 비겁한 이반.
성실하지만 잔인한 스메르자코프.

용의자로 주목된 세 아들 외에 이 집안에는 또 한 명의 아들이 있다. 바로 이반의 동생이자 공식적인 셋째 아들 알렉세이로, 어릴 때부터 수도원에 들어가 기독교에 귀의한 박애주의자다.
하지만 카라마조프가 형제들의 매력은 선하기만 한 알렉세이보다는 선과 악 사이에서 고뇌하고 갈등하는 다른 형제들에게서 더 많이 찾아볼 수 있다.

드미트리는 왜 아버지를 죽이지 않았음에도 죄를 뒤집어썼을까? 부친을 살해하지는 않았지만, 죽이고 싶어 했다는 점에서 죄인의 수난을 자처한 것이다.
"나는 나 자신의 부끄러움을 받아들인다. 스스로 고통받고 그 고통으로 나 자신을 깨끗하게 정화시키고 싶다."

신성의 육화로 상징되는 알렉세이가 유형지로 추방되는 형을 따라 동행할 결심을 하는 것은 바로 수난을 통한 죄의 구원 가능성을 암시하는 것이다.

신은 존재하지 않고 도덕률도 의미 없으며, 따라서 인간은 모든 것을 행할 수 있다는 지적인 냉소주의자 이반.
그는 스메르자코프에게 아버지를 죽이라고 직접적으로 사주한 적은 없다. 하지만 사상적으로 영향을 끼치고 방조했으며, 심지어 그가 아버지를 죽여주기를 '기대'하기도 했다. 그래서 욕망과 사유(思惟)의 형태로 갖고 있던 자신의 살의(殺意) 때문에 죄의식을 갖게 된 이반은 결국 정신분열에 이른다.

가족소설이면서 동시에 추리소설의 기법을 도입한 이 작품은, 누가 죄인이고 누가 죄 없는 자인가 대해 독자들에게 마지막 순간까지 뼈아픈 질문을 던진다.
만인은 만인에게 모든 일에 대해 죄 짓고 있다는 것이 작품 전체를 관통하는 주제며, 그 죄는 다만 형사상의 범죄뿐만 아니라 생각으로, 바람으로, 행동과 대화로도 나타날 수 있다. 따라서 선과 악은 따로 존재하지 않고 서로 밀접하게 얽혀있으며, 선악을 이분법적으로 나눠 바라보는 것은 눈에 보이지 않는 이면의 세상을 포기하는 것과 같다.

도스토엡스키가 평생 고민했던 인간의 본성, 죄와 벌의 문제에 대한 문학적 성찰이 녹아든 대작으로, 문학을 넘어 철학과 사회, 종교까지 포괄하는 탁월한 소설로 평가받고 있다.

"인생에 대해 알아야 할 것은 모두 〈카라마조프가의 형제들〉 안에 있다."—커트 보니것(미국 작가)
"세상의 모든 책을 불태워버리더라도 도스토엡스키의 책만은 남겨놓아야 한다."—레프 톨스토이

커트 보니것(1922-2007)

당신은 선한가, 악한가?
이 세계에는 온전한 선과 온전한 악이 존재한다고 보는가?

"하느님과 악마는 서로 싸우고 있으며,
그 싸움터는 바로 인간의 마음이다."—드미트리

작품 속 명문장

멍청한 사람일수록 본질에는 더 가까워지는 법이란다. 멍청할수록 더 선명해지거든. 멍청하다는 건 단순하고 가식이 없다는 거야. 반면 지성인이라는 것들은 요리조리 빠져나갈 궁리만 하고 자기를 잘 드러내지 않지. 지성은 파렴치하지만, 멍청함은 정직하고 솔직해.

"지금까지 나는 당신의 인형 아내였어요."

〈인형의 집〉 중에서

12

인형의 집

A Doll's House, 1879

여성해방 문제를 다룬 최초의 페미니즘 희곡

헨릭 입센

Henrik Ibsen, 1828-1906, 노르웨이

"웬 종달새가 거기서 지저귀나?"
"바스락거리는 것이 다람쥐가 아닌가?"
"내 귀여운 낭비꾼!"

남편이 나를 부르는 소리다.
은행원 남편, 천사 같은 세 아이들, 사랑받는 아내이자 엄마인 나,
노라.
누가 봐도 행복한 우리 집이다.

나에게는 비밀이 하나 있다.

결혼 초, 남편이 급작스레 큰 병에 걸려 많은 돈이 필요했다.

자존심 강한 남편에게 말하면 치료를 거부할 것 같아, 친정아버지의 서명을 위조해 어느 변호사에게 돈을 빌렸다.

남편에게는 내 돈인 것처럼 말해 요양을 받게 했다.

다행히 남편은 건강을 되찾고, 은행 총재로 스카우트되었다.

행복한 삶이 계속되던 어느 날, 나에게 돈을 빌려줬던 그 변호사가 나타났다.
그동안 은행원이 된 그는 남편의 부하직원이 되어있었다.
그리고 부정으로 해고당할 위기에 처한 그가 모든 사실을 말하며 남편을 협박했다.
"당신이 나를 해고하면 당신 아내가 서명을 위조해 대출받은 사실을 경찰에 알리겠소."

남편은 자신의 병 치료를 위해 돈이 필요했다는 나의 설명에도 아랑곳없이 나를 비난하고 몰아세웠다.
"사기꾼, 범죄자! 거짓말쟁이는 아이들을 키울 자격이 없어! 세상 사람들이 알면 뭐라 하겠어?"

남편에게 중요한 것은 남자로서의 자존심과 은행 총재로서의 체면뿐.
나는 그저 작은 새, 예쁜 인형, 힘없고 무력한 그의 소유물에 불과했다.

그러던 중, 그 은행원이 마음을 바꿔 내가 쓴 차용증서를 남편에게 돌려주며 협박했던 사실을 사과한다.

그러자 남편은 예전의 다정한 호칭으로 나를 부르며, 내 감정은 생각하지도 않은 채 '모든 일이 잘 되었다'고 말한다.

"이 남자가 과연 내 남편이란 말인가! 그는 나를 사랑한 적이 없다. 그는 그저 낯선 남자다."

나는 비로소 깨달았다.
8년 동안의 결혼생활 중 한 순간도 인간으로서 대접받지 못했음을.
우리의 결혼생활은 인형 놀이, 우리 집은 인형의 집이었던 것이다.

나는 아내, 엄마이기 전에 한 인간이다.
인형의 집을 떠나야 인간답게 살 수 있다.
결혼반지와 집 열쇠를 남편에게 돌려주고 나는 새로운 세상을 향해 문을 연다.
다시는 이 집으로 돌아오지 않을 것이다.

쾅!

이 작품의 마지막에서 노라는 결혼반지와 집 열쇠를 남편에게 주고는 "쾅!" 하고 문을 세게 닫고 나간다. 이 소리에 놀라 서구 남성들은 비로소 남성 중심의 깊은 잠에서 깨어나기 시작했다.

여성해방 문제를 최초로 다룬 노르웨이 극작가 헨릭 입센의 〈인형의 집〉. 근대사회가 당면한 문제에 대해 끊임없이 물음을 던진 입센은, 이 작품에서 가부장적 질서를 정면으로 비판했다.
〈인형의 집〉을 집필할 당시 그의 노트에는 "여성은 현대사회에서는 제 구실을 할 수 없다. 현대사회는 전적으로 남성 중심사회로서 남성 중심의 법을 만들고 의원들과 판사들은 남성의 관점에서 여성의 행동을 판단한다."는 구절이 적혀있었다.

이 작품이 발표된 19세기 당시만 해도 스칸디나비아반도를 비롯한 유럽 여성들은 공적 생활에 참여할 수 없었다. 참정권도 없고 법적으로 사업을 할 수도 없으며 유산을 상속받을 권리도 없었다. 한 마디로 남편에게 복종하고 가족에게 헌신하는 것이 당시 여성들의 존재 이유였다.

그런 여성이 출세한 남편, 사랑스러운 아이들이 있는 행복한 가정을 박차고 나왔다는 사실은 당시 사람들에게 충격적인 사건이었다.

사회의 관습과 금기를 깨고 집을 박차고 나온 노라는 정체성을 찾으려는 신여성들의 대명사가 되었고, 〈인형의 집〉은 근대 페미니즘의 교본이 되었다.
그러나 이 작품의 메시지를 여성의 권리 주장과 독립으로 한정하거나 지나치게 페미니즘에만 연관시키는 것은 바람직하지 않다. 노라가 이야기하는 개인의 자유와 평등, 자기개발은 비단 여성에게만 국한된 것이라 아니라 개인의 선택이 존중받지 못하는 사회에서는 누구나 제기할 수 있는 문제이기 때문이다.
입센 자신도 이 작품이 단순히 여성 억압이 아니라 보편적 인간문제를 다룬 것이라고 말했다.

당신은 자신의 의지가 아닌 사회적 통념과 억압에 따라 자신의 삶과 미래를 선택하고 있지는 않은가?
21세기를 사는 우리에게 노라가 묻는다.

당신은 지금 어떤 집에 살고 있나요?

작품 속 명문장

"당신은 제가 평생을 믿고 함께할 수 있는 남자처럼 생각하지도 말하지도 않았어요. 당신은 내가 위협받은 사실보다 당신 자신이 위험하게 될까 봐 그것을 더 걱정하고 두려워하고서는, 이제 모든 게 끝나고 걱정거리가 사라지니까 마치 아무 일도 없었던 것처럼 구시는 군요. 예전과 똑같이 나는 다시 당신의 작은 종달새, 인형이 되었어요. 약하고 깨지기 쉬운 존재란 걸 알았으니 앞으로 두 배는 더 조심하며 살살 받들겠지요. 그때 난 알게 되었어요. 지난 8년 동안 낯선 타인과 살아왔다는 것, 그리고 그의 자식을 셋이나 낳았다는 것을. 아, 견딜 수가 없어요. 차라리 내 몸을 찢어버리고 싶군요."

5장 **청춘, 흔들리고 성장하고 모험하고**

데미안_ 헤르만 헤세

젊은 예술가의 초상_ 제임스 조이스

허클베리 핀의 모험_ 마크 트웨인

"내 안에서 솟구치는 것, 바로 그것을 나는 살아보고 싶었다."

〈데미안〉 중에서

13
데미안

Demian, 1919

세계 젊은이들의 청춘 바이블!

헤르만 헤세
Hermann Hesse, 1877-1962, 독일

"새는 알에서 나오려고 몸부림친다. 알은 세계다. 태어나려고 하는 자는 한 세계를 깨부숴야 한다."

내 이름은 징클라르.
나는 엄격한 부모님 밑에서 모범과 학교만이 존재하는 밝은 세계에 살고 있었다.

열 살 무렵, 나는 다른 세계의 존재를 처음 알게 되었다.
그 세계는 내가 사는 세계와 냄새도 다르고 말도 다르고 유령 이야기와 스캔들만 가득 찬, 하녀들과 직공들이 살고 있는 어두운 세계였다.
어두운 세계를 처음 마주친 그 순간, 하나였던 나의 세계에 균열이 시작되었다.

그리고 그 충격으로 방황하고 있을 때 홀연히 나타난 신비로운 전학생, 데미안.
묘하게 마음을 잡아끄는 얼굴, 주의 깊고 총명해 보이는 행동.
데미안은 마치 자신의 문제들을 탐구하는 학자처럼 보였다.

나쁜 친구의 덫에 걸려 지옥 같은 시간을 보내던 나를 구해준 것도, 힘들어하던 나를 꽉 붙잡아준 것도 데미안이었다.
하지만 너무나 분명한 사실들에 의문을 던져 내 세계를 흔든 것 역시 그였다.

"카인과 아벨, 질투에 눈이 먼 형이 동생을 죽인다, 이건 얼마든지 있을 수도 있는 일이야. 하지만 그 때문에 카인이 악마로 낙인찍혀 다른 사람들을 벌벌 떨게 만드는 건 아무리 생각해도 이상한 일 아닐까?"

그와 대화할 때면 나는 마음속 어딘가를 망치로 두드려 맞는 것 같은 느낌이 들곤 했다.

"네가 믿는 것을 의심하고, 익숙한 세상과 결별하렴. 그래야 너 자신을 만날 수 있단다."

몇 년 뒤 독일에 전쟁이 일어나고, 부상으로 입원한 야전병원에서 나는 우연히 데미안과 재회했다.
그와 밤새 이야기를 나누며 나는 비로소 데미안이 누구인지 깨닫게 되었다.

때로는 두려워하고 한때는 부정했지만, 결국은 갈구하고 그리워한 내 삶의 중력(重力).
내 안의 또 다른 내가 바로 데미안이었다는 것을…….

헤르만 헤세가 쓴 청춘의 바이블 〈데미안〉. 나로부터 시작하여 나를 향하는, 한 소년의 치열한 성장 이야기다. 1919년 출간 당시에 1차 세계대전 이후 정신적 혼돈에 빠져있던 독일 청년들을 단숨에 매료시킨 소설이며, 나아가 지난 100년 동안 전 세계 젊은이에게 청춘의 통과의례처럼 읽혀온 명작이다.

"감전된 듯한 충격……. 감동과 존경심으로 읽었다." —토마스 만

"폭풍우 치는 밤, 등대의 불빛 같은 소설."—칼 구스타브 융

헤르만 헤세가 〈데미안〉을 통해 우리에게 말하고 싶었던 것은 것은 무엇일까?

"누구에게나 진정한 천직은 자기 자신에 도달하는 것, 오직 이 한가지뿐이다."

누구에게나 인생은 자기 자신에 도달하기 위한 여정이며, 그 길을 찾아내는 것은 결국 우리 자신의 몫이라고 작가는 이야기하는 것이다.

혹시 당신은 지금, 인생의 여정이 너무 힘들어 주저앉고 싶지는 않은가? 작가 헤르만 헤세가 당신에게 다가와 말한다.

알을 깨고 새롭게 태어나는 것은 늘 어렵지요.
하지만 돌이켜 생각해보세요.
당신이 걸어온 길이 그렇게 힘들기만 했나요?
때로 아름답지는 않았나요?

작품 속 명문장

"새는 알에서 나오려고 몸부림친다. 알은 세계다. 태어나려고 하는 자는 한 세계를 깨부숴야 한다."

그와 나눈 모든 대화는 지극히 평범한 것조차도 은근한 망치질로 내 마음속 같은 지점을 꾸준하게 두드렸다. 그 모든 대화가 나를 자라게 했고, 내가 허물을 벗도록 했으며, 알껍데기를 부수도록 도왔다. 망치질이 한 번 있을 때마다 나는 머리를 조금씩 들어 올렸고, 내 머리는 점점 자유로워졌다. 그리하여 마침내 나의 노란 새가 지상의 껍질 밖으로 아름다운 맹금의 머리를 불쑥 내밀 때까지.

“나는 세상의 함정들 사이를 헤매고 다니며
다른 사람의 지혜를 배우도록 운명 지어졌다.”

〈젊은 예술가의 초상〉 중에서

14

젊은 예술가의 초상

A Portrait of the Artist as a Young Man, 1916

QR

작가 제임스 조이스의 정신형성사(史)

제임스 조이스

James Joyce, 1882-1941, 아일랜드

나는 세상의 함정들 사이를 헤매고 다니며 다른 사람의 지혜를 배우도록 운명 지어졌다. 세상의 함정이란 죄를 짓는 길이다. 그 함정에 빠져보리라.

아일랜드의 수도 더블린.
내 유년시절은 예수회 기숙학교에서 시작된다.
나는 최연소 입학생에 자타가 공인하는 우등생이었지만, 학교를 좋아하지 않았다.

급우들은 거칠었고 선생님의 회초리는 부당했다.

사춘기는 집안의 파산으로 시작된다.
과거에만 연연하는 무능한 아버지는 환멸스러웠다.
이런 상황 속에서 새로 옮긴 학교에서 나는 욕망과 이단의 세계를 발견했다.

열여섯 살, 창녀촌에서 동정을 버린 나는 지옥 같은 죄의식에 빠져들었다.

더러워진 영혼을 구원받고자 종교에 매달렸다.
하지만 교장신부가 내게 성직자가 되기를 권하던 날, 신앙은 나의 안식처가 될 수 없음을 깨달았다.

내가 배우고 싶은 것은 종교가 아닌 삶.
세상의 죄악과 영혼의 타락을 속속들이 맛보리라 결심했다.

청년이 된 나는 작가를 꿈꾼다.
내가 갈구하는 것은 자유와 예술.
종교와 가족은 내 정신을 옥죄는 덫이고, 척박한 조국 아일랜드는 내 영혼을 가두는 그물이다.

그리하여, 모든 것을 떨치고 길을 떠난다.
나는 돌아오지 않을 것이다.
"살고, 실수하고, 타락하고, 이겨내고, 삶에서 삶을 재창조하는 것."
이것이 예술가로 살게 된 나의 소임(所任)이다

20세기 모더니즘 문학의 선구자, 제임스 조이스의 자전적 성장소설 〈젊은 예술가의 초상〉. 강한 자의식과 섬세한 감수성을 지닌 주인공이 유년시절과 소년기, 청년기를 거치면서 예술가로 성장해가는 과정을 그린 '예술가소설'이다.

주인공의 이름 스티븐 디덜러스는 그리스 신화에 나오는 천재 장인(匠人)이자 예술의 신(神)인 '다이달로스(Daedalus)'에서 딴 것이다.

자유로운 영혼을 가진 예술가가 되기 위해 종교와 가족, 조국을 차례로 등진 주인공처럼 실제로 22살에 아일랜드를 떠나 37년간 망명객으로 국외를 떠돈 제임스 조이스. 〈젊은 예술가의 초상〉, 〈더블린 사람들〉, 〈율리시스〉 등 그의 대표작으로 꼽히는 이른바 '더블린 3부작'은 모두 그가 떠나온 고국 아일랜드와 더블린을 배경으로 한 것이다.

당시 아일랜드의 정치와 문화, 어두운 사회현실을 실험적 기법으로 예리하게 담아낸 소설들은 그를 20세기 최고 작가의 반열에 올렸으나, 정작 아일랜드는 제임스 조이스의 문학을 거부했고 그는 죽는 날까지 조국과 불화를 겪었다.

하지만 지금은 어떤가?
아일랜드가 자랑하는 걸출한 작가이자 모더니즘을 개척한 세계 문학사의 거목으로 우뚝 섰다. 그의 고향 더블린과 그가 살았던 파리, 취리히, 이탈리아의 트리에스테에는 조이스 문학에 열광하는 팬들을 위한 다양한 관광 상품과 축제 등 '조이스 산업'이 해마다 성업 중이다.

아일랜드를 떠나 아일랜드의 대표적인 작가가 되고, 나아가 세계 독자의 공감과 환호를 끌어낸 예술가. 만약 제임스 조이스가 내면의 열망에 귀 기울여 용기 어린 결단을 내리지 않았다면 불가능했을 일이다.

살아가면서 우리도 고뇌 어린 결단이 필요한 순간을 마주할 때가 있다. 추구하는 것을 이루기 위해 내가 가진 무언가를 버려야 하는 순간, 때로는 아주 소중한 희생을 감수해야 하는 순간도 있다.

아무 것도 버리지 못하면, 결국 아무 것도 얻지 못한다.
당신은 '삶이라는 예술'을 위해 무엇인가를 희생할 준비가 되어 있는가?

제임스 조이스(가운데)와 아내 노라

작품 속 명문장

그는 혼자였다. 아무도 그를 주시하지 않았지만 그는 행복했고, 삶의 뜨거운 심장부에 가까이 있었다. 그는 혼자였고 젊었으며 집념이 있고 야성적이었다. 황무지와 같은 사나운 대기, 짠 바닷물, 바다가 내뱉은 조개껍질과 해초, 뿌옇게 드리운 회색 햇살, 가볍고 화사한 옷차림의 아이들과 소녀들, 허공에 뒤섞인 아이들과 소녀들의 목소리, 이 모든 것 사이에서 그는 혼자였다.

www.monaissance.com

“사람이 가는 길을 가장 평탄하게 만들어주는 건 아주 사소한 거야.”

〈허클베리 핀의 모험〉 중에서

15

허클베리 핀의 모험

Adventures of Huckleberry Finn, 1884

"미국문학의 출발점, 가장 미국적인 작품"—어니스트 헤밍웨이

마크 트웨인

Mark Twain, 1835-1910, 미국

술주정꾼 아버지를 피해 도망친 열네 살 소년 허클베리.
노예상에게 팔려가기 전날 밤에 도망쳐 나온 흑인 노예 짐.
1851년 늦여름, 뜻하지 않게 만난 두 사람의 여행이 시작된다!

"아, 지긋지긋한 잔소리! 지루한 성경이야기는 언제 끝날까?"
나는 주정뱅이 아버지에게서 벗어난 대신 규범과 윤리를 몹시 따지는 더글러스 아줌마의 양자가 됐다.

하지만 그 생활도 오래가지 못했다.
내가 동굴에서 금화를 찾아냈다는 소문에 다시 나타난 아버지가 돈을 내놓으라며 때리고는 창고에 가둬버렸기 때문이다.
나는 탈출을 감행한다.
무인도인 잭슨 섬에 도착한 지 나흘 째 되던 날.

“짐?”

“허클베리 도련님?”

“네가 왜 여기 있는 거야?”

“도련님, 제발 비밀로 해주세요. 사실은 제가 왓슨 마님에게서 도망쳤어요.”

자유를 찾아 떠난 우리의 모험은 결코 쉽지 않았다.
뗏목이 부서지고, 짙은 안개 속에서 생이별을 하고, 강도를 만나 죽을 고비도 넘기면서 우리는 각별한 친구가 된다.

다만, 왓슨 아줌마에게 짐의 행방을 알리지 않았다는 죄책감은 나를 오래도록 괴롭혔다.
도망친 흑인 노예의 도피를 돕는 건 내가 배운 규범에 어긋나는 일이었다.
하지만 나를 헌신적으로 돌봐주고 위험에서 구해준 짐을 배신할 수는 없었다.

"그래 좋아, 난 지옥으로 가겠어."

나는 마침내 짐의 행방을 알리려고 썼던 편지를 찢어버렸다.
내가 지금껏 배워온 것들과 모든 사람이 옳다고 믿는 사회적 규범들이 반드시 옳은 것은 아니라는 생각이 들었다.

나는 이제 흑인 노예가 아닌, 한 인간으로서의 짐을 만나게 되었다…….

미국문학의 아버지로 불리는 마크 트웨인의 대표작 〈허클베리 핀의 모험〉.

“현대 미국문학은 마크 트웨인의 〈허클베리 핀의 모험〉에서 비롯한다. 이것이야말로 가장 미국적이다.” —어니스트 헤밍웨이

열네 살 소년의 모험담이 미국문학의 출발점이자 가장 미국적인 작품으로 추앙받는 이유는 무엇일까? 미국문학 작품 중 최초로 당시로서는 금기와도 같은 인종차별 문제를 정면으로 다뤘기 때문이다.

1619년부터 1808년까지 미국으로 팔려온 흑인 노예는 약 150만 명. 당시 미국사회에서 백인을 위한 도구나 재산쯤으로 여겨졌던 흑인을 인격을 가진 한 사람으로 묘사한 것은 파격이었다.

〈허클베리 핀의 모험〉이 발표되자 노예제도를 당연하게 여겼던 미국사회는 발칵 뒤집혔고, 원색적 비난과 함께 이 책을 한때 금서로 분류하기도 했다. 그러나 마크 트웨인이 죽고 100년이 흐른 2008년

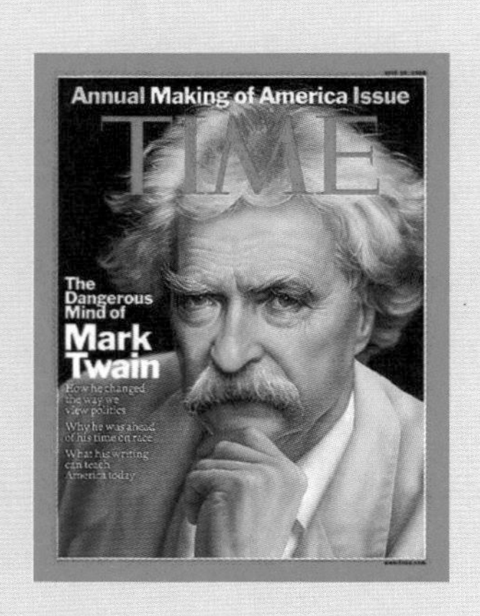

7월, 미국의 시사주간지 〈타임스〉는 마크 트웨인을 미국을 만든 위대한 인물로 선정했다.

> "그는 인종차별을 정면으로 반박함으로써 정치의 역할을 획기적으로 바꿔주었기에 그의 글은 여전히 오늘을 사는 우리를 가르치고 있다."

미시시피 강을 따라 흐르는 뗏목을 타고 자유와 각성의 대장정을 떠난 허클베리 핀. 그가 우리에게 묻는다.

당신이 사는 시대가 당연하게 생각하는 규범과 제도들은
과연 옳은가요?
인간을 향한 애정으로 과감히 허물어야 할 벽은 없나요?

작품 속 명문장

"좋아, 난 지옥으로 가겠어." 그러고는 편지를 찢어버렸다. 끔찍한 생각이고 끔찍한 말이었지만, 이미 입 밖으로 뱉은 뒤고 주워 담을 뜻이 없었다. 이제 개과천선 따위는 더 생각하지 않기로 했다. 아니, 머릿속에서 아예 지워버렸다. 그리고 다시 사악해지기로 했다. 나란 녀석은 자라나기를 원래부터 그렇게 자라나 나쁜 짓 하는 게 적성에 맞는 반면 착한 일은 그렇지 않으니 말이다. 우선 짐을 다시 노예 상태에서 훔쳐내고, 그보다 더 나쁜 짓을 생각해낼 수 있다면 그것도 하자고 결심했다. 이왕 이쪽으로 발을 담근 이상, 그리고 끝까지 가기로 한 이상, 제대로 나쁜 놈 되는 게 좋을 테니까.

6장 **인간군상과 사회 풍자**

돈키호테 _ 미겔 데 세르반테스

아Q정전 _ 루쉰

나는 고양이로소이다 _ 나쓰메 소세키

"저 사람은 미친 게 아니라면 아마 〈돈키호테〉를 읽고 있는 게로군."

16세기 에스파냐 국왕 펠리페 3세가 포복절도하는 젊은이를 보며 한 말

16
돈키호테

Don Quixote, 1615

"나는 꿈을 꾼다, 비록 이룰 수 없는 꿈일지라도."

미겔 데 세르반테스

Miguel de Cervantes, 1547-1616, 스페인

16세기 말 에스파냐의 시골마을 라만차.
시골 귀족 알론소 키하노는 기사들의 무용담에 푹 빠져있다.
밤낮으로 기사도 소설을 탐독하더니 현실과 허구를 구분하지 못하고
결국 과대망상에 빠지고 만다.

"나는 용감한 기사야! 불의와 맞서 싸우겠어!"

마침내 낡은 갑옷과 녹슨 칼, 투구로 무장하고는 스스로를 '돈키호테'
라 부르며 정의를 위한 모험을 떠난다.
늙은 말 로시난테, 그의 시종 산초와 함께.

"저는 라만차에서 온 정의의 기사 돈키호테입니다."
"어머, 저 양반 옷 입은 거 봐."
"중세 기사 흉내라도 내려는 건가?"

사람들은 그의 우스꽝스러운 행동을 비웃지만 그는 오히려 반대로 해석한다.
"음, 역시 용감한 기사를 알아보는군."

그의 시간은 100년 전으로 거슬러 가 있다.
기사도 소설을 현실로 믿는 돈키호테.
그의 눈에는 삐쩍 마른 로시난테가 천하의 명마(名馬)로 보이고, 낡은 여관은 멋진 성(城)이며, 시골마을 처녀는 기사가 사랑하는 귀족 여인이다.

"저기 기다란 팔뚝을 자랑하는 거인들은 뭐지?"
"거인이라뇨? 저건 풍차예요."
"저건 거인이야. 정 겁이 나면 저만치 물러나 있게. 내가 지금껏 본 적 없는 맹렬한 싸움을 보여주지."

풍차를 거인으로 착각해 싸움을 걸었다가 내동댕이쳐지는가 하면,
양떼를 적군으로 오해해 전투를 벌이다가 양치기에게 뭇매를 맞고,

포도주를 넣은 가죽 부대를 적군으로 오인하고 공격해 붉은 포도주가 쏟아지자 그것을 피로 착각하는 돈키호테.

범죄를 저지르는 불량배들을 노예들로 착각해 구해주려다 흠씬 두들겨 맞기도 하는 그의 모험은 매번 실패와 좌절로 끝나고, 그때마다 사람들의 손가락질을 받는다.

온갖 파란 속에서도 쉽게 끝나지 않던 그의 모험은 기사로 변장한 친구 카라스코와의 마지막 결투에서 보기 좋게 패한 뒤 고향으로 돌아오며 결국 끝이 난다.
그리고 죽음을 앞두고서야 자신이 지금껏 환상에 빠져있었다는 것을 깨닫는다.

'에스파냐의 정신'으로 존경받는 미겔 데 세르반테스. 그는 셰익스피어와 함께 서구문학을 떠받치는 두 개의 기둥과 같다.

풍자소설 〈돈키호테〉의 원 제목은 〈재기발랄한 시골 귀족, 라만차의 돈키호테〉. 이 작품은 문학사적으로는 서양 최초의 근대소설이고, 에스파냐의 국민문학이며, 작가와 같은 시대에 활동하고 같은 날에 사망한 셰익스피어의 작품들에 버금가는 세계문학의 걸작으로 꼽힌다.

이미 오래 전에 끝난 기사의 시대, 전설 속의 늠름한 기사와는 거리가 먼 돈키호테의 모습을 통해 세르반테스는 무엇을 말하고 싶었을까? 당시 영국은 시민계급인 상인들에 힘입어 신흥강국으로 부상하고 있는 반면, 신대륙 발견과 대항해 시대를 열었던 에스파냐는 급변하는 근대화의 흐름에 적응하지 못하고 쇠퇴의 길로 들어서고 있었다. 과거의 영광에 매달려 현실을 직시하지 못하고 사치와 무기력증에 빠져 있던 봉건귀족들. 세르반테스는 행동파 돈키호테를 통해 행동하지 않는 귀족들을 질타한 것이다.

공상에 빠지고 엉뚱한 행동을 일삼는 돈키호테는 정신적으로 방향감각을 잃은 인물이지만, 또 다른 각도에서는 신념과 의지가 강하고 도덕관이 뚜렷하여 지극히 정상적인 사람처럼 보이기도 한다.

"이 양반이 순진하고 엉터리 소리를 자꾸 해서 제정신이 아닌 것 같지만, 다른 때 보면 또 아주 논리정연한데다 지극히 지혜롭거든."

고향마을 신부가 돈키호테를 평가한 말이다. 사람과 세상에 대한 애정이 그의 광기 뒷면에 숨어있음을 짐작할 수 있다.

세르반테스의 〈돈키호테〉는 수많은 작가와 예술가에게 영감을 주기도 했다. 도스토옙스키는 〈돈키호테〉를 "지금까지 나온 책 중 가장 위대한 책"이라 평가했고, 미국 비평가 라이오넬 트릴링은 "〈돈키호테〉야말로 모든 소설의 어머니며 모든 소설은 〈돈키호테〉의 변형일 뿐"이라고 말했다. 2002년에는 세계 최고의 작가 100명이 선정한 '역사상 가장 위대한 작품'에 뽑히기도 했다.
프랑스 화가 오노레 도미에(1808-1879)와 귀스타브 도레(1832-1883)는 돈키호테의 모습을 다양하고 생생하게 화폭에 담았고, 파블로 피카소, 살바도르 달리를 비롯한 많은 화가들도 돈키호테를 새롭

오노레 도미에, 〈풍차를 공격하는 돈키호테〉(1855)

게 그려냈다. 또한 이 작품은 여러 나라에서 연극, 오페라, 발레곡, 영화 등으로 만들어졌는데, 이 때문에 세르반테스는 소설가를 넘어 예술가들의 예술가로 불린다.

돈키호테가 오늘을 살아가는 우리에게 주는 메시지는 무엇일까? 아마도 400여 년 전 자신을 조롱하던 이들을 향해 돈키호테가 했던 말이 지금 우리에게도 하고 싶은 말 아닐까?

"지금보다 더 나은 세상을 꿈꾸어야 하오.
꿈꾸는 자와 꿈꾸지 않는 자,
도대체 누가 미친 거요?"—돈키호테

작품 속 명문장

길을 떠나면서 우리의 신참 편력기사는 혼잣말을 했다. "내 유명한 행적이 언젠가 전기로 기록될지 어찌 알아. 이를 기록하는 현인은 이른 아침 출발하는 내 모습을 이렇게 적을 거야. '붉은 혈색의 아폴로 신이 바야흐로 금실처럼 빛나는 머리칼을 광활한 들판 위에 넓게 펼치고, 형형색색 깃털의 작은 새들이 질투 어린 남편의 부드러운 품을 밀쳐내고 나와서 대문과 발코니에서 보이는 지평선 위로 떠오르는 장밋빛 여명을 향해 감미로운 목소리로 인사할 때, 푹신한 이불을 마다하고 길에 나선 라만차의 명성 높은 기사 돈키호테는 명마 로시난테 위에 올라타 그 유명한 시원(始原)의 몬티엘 대초원을 가로지르기 시작했노라.'"

"나는 자기경멸의 일인자야.
근데 자기경멸이란 말만 빼면 일인자가 아닌가! 하하."

〈아Q정전〉 중에서

17

아Q정전(阿Q正傳)

The True Story of Ah Q, 1921

중국 현대문학의 출발점

루쉰

魯迅, 1881-1936, 중국

"가련한 아Q를 생각하면 눈물이 난다. 중국인들을 다뤘다고 하지만, 어디 중국인에게만 해당하는 이야기일까? 아Q의 모습은 많은 현대인들의 또 다른 모습이기도 하다."—로맹 롤랑

아Q는 이름과 고향, 그리고 과거 행적까지
어느 것 하나 확실하지 않은 서른 즈음의 사내다.
그는 성 밖 마을인 웨이장(未莊)의 사당에 얹혀살며 날품을 팔아 근근이 살고 있다.
하지만 아Q는 자존심이 어찌나 강한지 마을의 모든 사람들을 무시한다.

"옛날에 나는 너보다 훨씬 잘 살았어! 네까짓 게 감히……."

툭하면 마을 건달들에게 얻어맞는 아Q.

"아이고 버러지 죽네. 나는 벌레니까 제발 놔줘!"

그러다가 풀려나면 이렇게 생각한다.

"나는 자기경멸의 일인자야. 근데 자기경멸이란 말만 빼면 일인자가 아닌가! 하하."

이런 자기 합리화의 근간에는 아Q만의 방어기제가 있다.

이름 하여 '정신 승리법'.

비록 육체적으로는 패배했지만 정신적으로는 자신이 승리했다고 생각한다.

그러면서도 여성이나 아이 같은 약자들은 마구 무시하고 괴롭힌다.

더구나 아Q는 피해의식도 무척 강하다.
머리가 벗겨지기 시작한 그는 '빛나다' '밝다'라는 말만 들어도 자신을 놀린다고 화를 낸다.

1911년 중국에서는 신해혁명(辛亥革命)•이 일어난다.
마을 안팎의 내로라하는 유지들도 혁명당을 두려워했다.
이를 지켜보던 아Q는 생각한다.
"개만도 못한 웨이장 사람들이 쩔쩔매는 걸 보니 혁명도 쓸만한 거네."

• 중국의 민주주의 혁명. 쑨원을 대총통으로 '중화민국'을 세운다.

당을 기웃거린다.

그러던 어느 날, 마을 지주 자오 집안을 약탈한 폭도로 오인당한 아Q는 영문도 모른 채 혁명정부에 체포된다.

까막눈이었던 아Q는 내용도 모른 채 사형 집행 문서에 서명을 하였고, 마을사람들이 지켜보는 가운데 총살당하고 만다.

20세기 전후 격동의 중국 현대사를 기록한 루쉰(魯迅)의 〈아Q정전〉. 신해혁명 전후의 폐쇄적인 시골을 배경으로 한 〈아Q정전〉은 전 세계가 주목한 최초의 중국 현대문학이다.
일본에서 의학을 공부하던 루쉰은 20세기 전후 세계사의 거대한 물결을 보지 못하는 당시 중국인들을 보며 그들을 각성시키고자 문학가로 전향한다.

루쉰

"내가 〈아Q정전〉을 쓴 것은 중국 국민의 영혼에 대해 쓰고 싶어서였다. 나는 우리 국민의 문제점을 들춰내고 싶었다."

루쉰은 너무나 평범한 '아Q'라는 인물의 시시한 삶을 '바르게 적은 전기'라는 의미의 정전(正傳)이라는 표현으로 전복시킨다.
'망각'과 '자기 미화'의 귀재인 아Q는 현실에 대한 잘못된 인식과 자기기만적인 태도로 강자에게는 비굴하고 약자에게는 군림한다.
루쉰은 그런 아Q를 통해 당시 중국인들의 일그러진 자화상을 적나라하게 보여주었다.

하지만 〈아Q정전〉이 과연 100년 전 중국인들의 이야기이기만 할까?
자신의 치부(恥部)까지 들춰내며 진실과 마주했던 루쉰이 묻는다.

당신 속에는 어떤 '아Q'가 살고 있습니까?

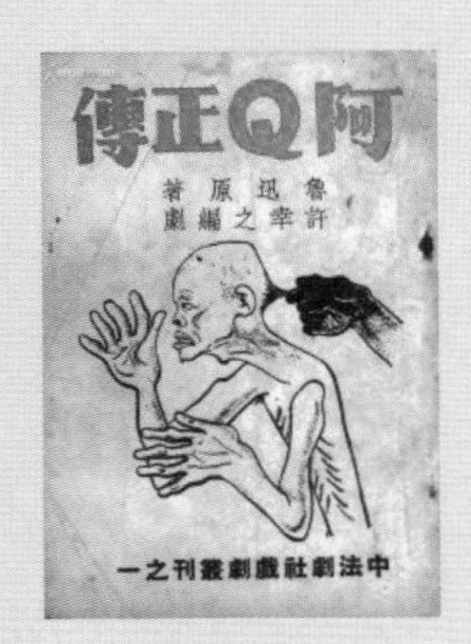

작품 속 명문장

아Q는 혼이 나갈 정도로 놀랐다. 평생 붓이라는 걸 한 번도 잡아본 적이 없기 때문이었다. 붓을 쥐는 방법조차 몰랐다. 사나이는 종이 위 한 군데를 가리키며 아Q에게 서명하라고 했다.
"저, 저는……글자를 모릅니다."
아Q는 붓을 움켜잡고 어쩔 줄 몰라 하며 부끄러운 듯 말했다.
"그럼 너 편한 대로 동그라미를 하나 그려 넣어!"
아Q는 동그라미를 그리려고 했지만, 붓을 쥔 손이 덜덜 떨리기만 했다. 사나이는 그를 위해 바닥에 종이를 펴주었고 아Q는 엎드려서 혼신을 다해 동그라미를 그렸다. 사람들이 웃을까 봐 동그랗게 잘 그리려고 무진 애를 썼지만, 이놈의 붓이 몹시 무거운데다 말도 듣지 않아서 바들거리는 바람에, 동그라미가 거의 끝날 때쯤에는 또 삐죽 삐져나가 길쭉한 참외 씨 모양이 되었다. 아Q 는 동그라미 하나 제대로 그리지 못한 게 수치스러웠는데, 사나이는 아무 말 없이 종이와 붓을 진작 거둬갔고, 이어 몇몇 사람들이 그를 끌고 가 다시 감옥에 넣었다.

"인간의 심리만큼 난해한 것도 없다.
세상을 조롱하고 있는 건지, 세상에 섞이고 싶어 화가 난 건지."

〈나는 고양이로소이다〉 중에서

18

나는 고양이로소이다

I am a Cat, 1905-1906

QR

일본의 셰익스피어를 탄생시킨 책

나쓰메 소세키
夏目漱石, 1867-1916, 일본

나는 고양이다.
이름은 없다.
어디서 태어났는지도 모른다.

나에게는 원칙이 하나 있다.
인간을 위해서는 절대 쥐를 잡지 않는다는 것이다.

태어나자마자 버림받은 나는 '진노 구샤미(珍野 苦沙弥)' 씨 집에 슬그머니 빌붙어 살고 있다.
아내와 딸 셋을 둔 주인 구샤미 씨는 고집불통이고 소심한 성격 때문에 신경쇠약증과 위장병을 달고 산다.

중학교 영어선생인 그는 학교에서 돌아오면 서재에 틀어박혀 고고하게 영어 원서를 들고 읽지만, 몇 장 넘기지 못하고 금세 침을 흘리며 잠에 빠진다.
이런 구샤미 선생에게도 찾아오는 친구들이 있는 걸 보면 어느 정도 인간관계는 유지하는 듯하다.

그중에서도 제집 드나들 듯이 찾아오는 친구 메이테이는 미학자로 달변가다.
무엇이든지 해박한 척 굴지만 대부분 엉터리 궤변이고, 나의 주인은 늘 그의 말에 속는다.
메이테이와 함께 틈만 나면 찾아오는 옛 수제자 미즈시마 간게쓰는 '목매달기의 역학(力學)' 같은 말도 안 되는 논문을 쓰는 과학자다.

그러던 어느 날, 과학자 제자인 간게쓰가 속물 기업가 가네다 집안의 딸 도미코와 염문설에 휩싸인다.
이 소문을 들은 도미코의 엄마 하나코는 간게쓰를 정탐하기 위해 그가 자주 드나드는 구샤미 선생네를 찾아오지만, 사업가를 싫어하

는 구샤미 부부와 메이테이의 말재간에 넘어가 오히려 앙숙이 된다. 그런 와중에 간게쓰는 돌연 집안의 정혼자와 결혼을 해버리고, 도미코 또한 구샤미의 또 다른 제자, 다타라 산페이와 약혼한다.

고양이로 태어나 인간 세상에 산 지 벌써 2년.
산페이가 가져온 결혼 축하주를 마시고 취해버린 나는 그만 물항아리에 빠져 짧은 생을 마감한다.

"나는 죽는다. 죽어서 태평을 얻는다. 죽지 않고서는 태평을 얻을 수 없다. 고맙고 고마운지고……."

일본의 셰익스피어로 불리는 나쓰메 소세키. 38세의 늦은 나이로 작가에 입문한 그는 일본 지폐에 얼굴이 실릴 만큼 사랑받는 국민작가이자 일본 근현대문학을 이끈 개척자다.

소세키의 등단작이자 출세작인 〈나는 고양이로소이다〉는 고양이의 눈과 입을 빌려 인간사회의 위선과 허위를 촌철살인의 풍자로 폭로한다.

"인간과 함께 살면서 그들을 들여다보면 볼수록, 나는 인간이 제멋대로 사는 종자라고 단언할 수밖에 없다."

작품 속에 등장하는 인물들은 학식 높은 지식인과 수완 좋은 사업가, 철학자와 귀족, 야심만만한 청년 등 일본 근대화를 이끈 선두주자들이다. 그들은 모두 고고해 보이지만 고양이가 바라본 그들의 모습은 하나같이 무능하거나 위선적이다.

“인간들은 참으로 기이한 족속이다. 날로 먹어도 되는 음식을 굳이 삶고 굽고 볶으면서 유난을 떨고, 옷이랍시고 온갖 것을 다 피부에 걸쳐놓으며, 발이 네 개인데도 두 개밖에 사용하지 않는 ‘사치스러운 동물’이다.”

고양이의 거침없는 독설로 인간을 통렬하게 비판한 나쓰메 소세키.
그의 촌철살인은 100년이 지난 지금도 여전히 유효하다.

한 번쯤 타인의 시선으로 당신의 삶을 들여다보라.
그 삶은 진정 당신이 꿈꾸던 삶인가?

작품 속 명문장

복잡하지 그지없는 인간에 비하면, 고양이들은 퍽 단순하다. 우리는 먹고 싶으면 먹고, 자고 싶으면 자고, 화가 나면 화내고, 울 때는 또 혼신을 기울여 울어댄다. 그래서 우리는 일기장 따위는 아예 필요도 없다. 무슨 필요가 있는가? 우리 주인처럼 겉과 속이 다른 인간은 일기라도 써서 꽁꽁 감춰둔 속마음을 은밀하게 풀어놓아야 할 것이다. 하지만 우리 고양이들은 걷고 서고 앉고 눕는 것과 같은 네 가지 주요활동과 가끔씩 이루어지는 배설 활동이 아주 공개적으로 이루어진다. 우리의 생활 자체가 일기이니 자신의 진짜 모습을 보존하기 위해 구태여 매일 기록까지 할 필요가 없다. 일기 쓸 시간이 있으면 차라리 툇마루에서 잠이나 자는 게 남는 일이다.

www.monaissance.com

제2부 사상·교양

7장 **'철학', 멋진 인생을 가꾸는 힘**

실천이성비판 _ 임마누엘 칸트

차라투스트라는 이렇게 말했다 _ 프리드리히 니체

향연 _ 플라톤

"네가 하려는 일들이
언제나 누구에게나 보편적으로 통용될 수 있도록 하라."

〈실천이성비판〉 중에서

19
실천이성비판

Critique of Practical Reason, 1788

QR

독일 헌법의 기본철학이 된 책

임마누엘 칸트

Immanuel Kant, 1724-1804, 독일

예루살렘에서 여리고•를 향해 가던 한 사람이 강도를 만나 상처를 입고 길가에 버려진다.
몇 사람이 그를 보았지만 그저 스쳐 지나갈 뿐, 아무도 돕지 않는다.
자신도 강도에게 피해를 입을지 모른다는 두려움 때문이다.

그렇게 시간이 흐르고, 한 사마리아인이 그곳을 지나간다.
그 또한 두려움과 공포를 느끼지만, 강도 만난 사람을 부축해 함께 그곳을 떠난다.

• Jericho. 예루살렘 북동쪽으로 약 23㎞ 지점에 위치한 팔레스타인 최고(最古)의 성읍.

사마리아인의 행위는 누가 보기에도 '도덕적'이다.
하지만 칸트는 묻는다.
"그의 행위가 도덕적 가치를 갖는 이유는 무엇 때문인가?"

칸트에 따르면, 도덕은 그 자체로 정당하며 그 자체로 숭고하다. 그러나 만약 이야기 속 사마리아인의 행위가 신의 뜻에 대한 복종이었거나 자신의 행복을 위한 것이었다면, 그의 행위는 결코 도덕적이라고 할 수 없다.

아무런 대가나 목적 없이 '어려움에 처한 사람을 도와야 한다'는 도덕법칙을 따라 자발적 의무감으로 행하는 것만이 가치를 지니기 때문이다.

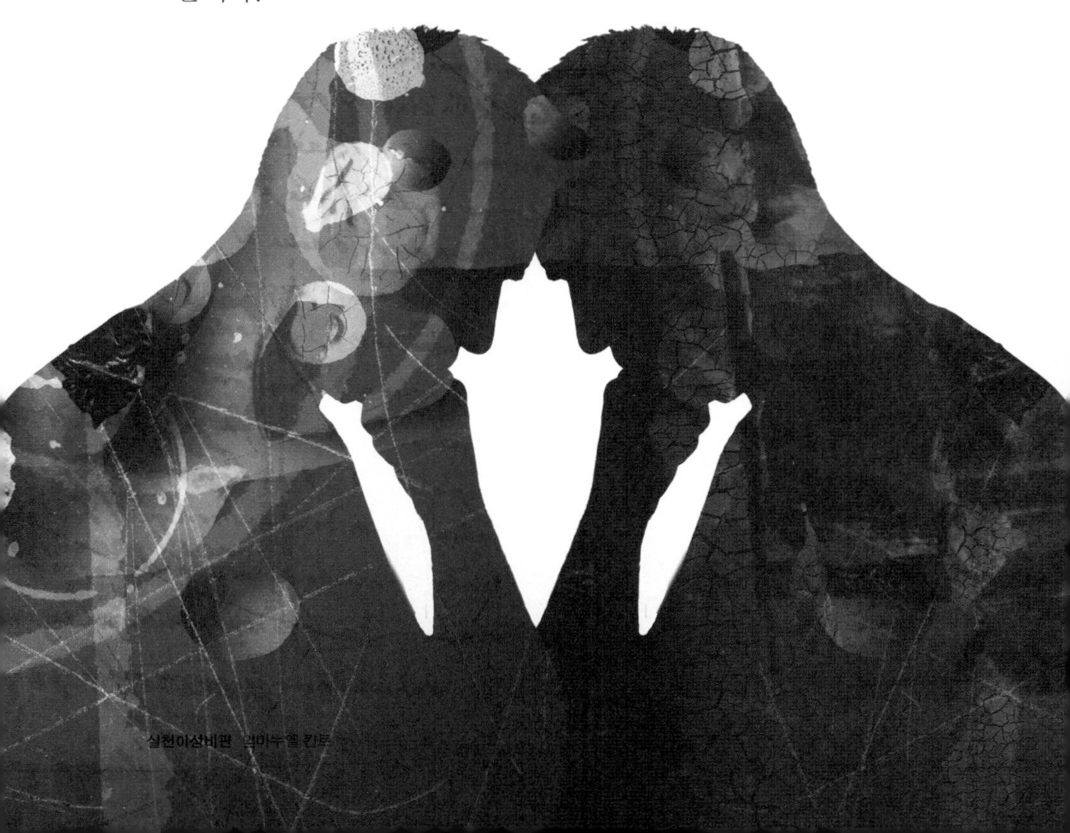

이런 의무감이 우리를 선한 인간으로 만든다.

그렇다면 도덕률을 따르는 의무감의 실체는 무엇일까?
지식이 늘거나 능력이 많아지면 도덕적 의무감이 커지게 되는가?
칸트의 대답은 단호하다.
"Nein!"•

도덕적으로 행동하기 위해 필요한 것은 지식이나 능력 따위가 아니라 선을 원하고 추구하는 의지, 바로 '선의지(Der gute Wille)'이다.
"선한 의지는 다른 어떤 것 때문에 선한 것이 아니라, 의지 그 자체로서 선하다."

이렇게 선한 의지를 실천하는 도덕적 이성이 바로 '실천이성'이다.
칸트에 따르면 선의지는 모든 인간에게 있다.
하지만 우리의 내면은 늘 치열한 싸움터다.

• 'No'의 뜻을 지닌 독일어.

마땅히 해야 할 일에 대한 선의지와 나의 이익을 추구하려는 본능 사이의 충돌, 이 둘 사이에서 갈등하는 이중적 존재가 인간이다.

또 칸트에 따르면 선한 의지는 시간과 공간을 초월해서 실천해야 한다. 그래서 제시한 것이 바로 '정언명령(定言命令)•'이다.

첫째 명령은 보편성 및 객관성과 연관된다.
"네가 하려는 일들이 언제나 누구에게나 보편적으로 통용될 수 있도록 하라."

둘째 명령은 인간의 존엄성에 관한 것이다.
"너 자신에게나 다른 사람에게나 언제나 인격을 목적으로 대하고 결코 수단으로 사용하지 마라."

• 나의 행복과 관계없이 무조건적으로 이행해야 하는 명령.

얀 비난츠, 〈착한 사마리아인〉(1670)

모든 인간이 그 자체 목적으로 간주돼야 한다는 그의 원리는 인권을 주장한 학설 가운데 하나로 자리매김했으며 이것은 훗날 독일 헌법의 기본철학이 된다.

칸트의 도덕률이 갖는 보편성과 인간존엄 사상에도 불구하고 쉽사리 떨쳐지지 않는 의구심이 하나 있다. “과연 도덕적인 행위는 우리의 행복을 보장하는가?”

칸트는 도덕의 가치가 상실되어 ‘착한 일을 해봐야 아무 소용없다’는 도덕적 허무주의에 빠져있는 세상 사람들에게 이렇게 대답한다.

“우리는 최고선을 내 의지의 대상으로 삼아 내 온 힘을 다해 실천해야 하기 때문에 실천이성이 필요하다.”

합리론과 경험론을 종합하여 근대 계몽주의 철학의 정점을 일군 임마누엘 칸트.

칸트의 윤리학은 두 가지 질문을 던진다.
“왜 도덕적으로 행동해야 하는가?”
“도덕과 행복이 일치하지 않아도 도덕적 실천이 여전히 가능한가?”

도덕과 선의 본질에 대한 답을 담은 〈실천이성비판〉은, 도덕적 당위와 도덕적 강제의 본질을 철학적으로 파헤친 최초의 책이다.
칸트는 선한 사람이 행복해져야 사람들이 도덕적으로 살려고 할 것이므로 최고선의 조건으로 ‘영혼의 자유로움’, ‘영혼의 불멸’ 그리고 ‘신의 존재’를 꼽았다.

논리적으로 신의 존재를 증명할 수는 없다. 하지만 신이 있어야 인간이 행복해진다. 신이 존재한다고 믿는 것이 우리를 더 도덕적이고 행복하게 만들기 때문이다. 도덕성과 행복의 일치를 위해 이성은 신의 현존을 요구한다는 것, 이것이 칸트의 이성신앙이다.

선한 삶을 살고자 하는 그대여!
그대는 지금 선한 의지를 실천하고 있는가?

작품 속 명문장

아무리 자주 보아도, 그리고 아무리 오랜 세월 보아도, 볼 때마다 새롭고 내 마음을 감탄과 경외심으로 꽉 채우는 게 두 가지 있다. 하나는 내 머리 위에 별이 빛나는 하늘이고, 다른 하나는 내 마음속 도덕 법칙이다. 이 두 가지를 나는 어둠에 쌓여있다 하여 찾아내려 애쓰거나, 혹은 아예 내 시야 밖 다른 세계에 존재한다 하여 단지 머릿속으로만 그리는 게 아니다. 나는 그것들을 눈앞에서 직접 보고, 내 실존 의식과 직접 연결한다.

www.monaissance.com

"지금 이 인생을 다시 한 번 완전히 똑같이 살아도
좋다는 마음으로 살라."

〈차라투스트라는 이렇게 말했다〉 중에서

20
차라투스트라는 이렇게 말했다

Thus Spoke Zarathustra, 1883

서구 정신사를 뒤흔든 '철학적 다이너마이트'

프리드리히 니체
Friedrich Nietzsche, 1844-1900, 독일

은둔자 차라투스트라는 서른 살에 고향을 떠나 산 속에서 고독과 명상을 즐겼다.
이런 생활에 싫증을 낸 적이 없던 그는 꿀처럼 모은 지혜와 깨달음을 세상 사람들과 나누겠다는 결심을 하고 10년 만에 속세로 내려온다.

숲을 내려오던 도중 만난 성자에게 ‘신은 죽었다’고 선언한 차라투스트라는 마을에서 군중들에게 ‘인간은 극복되어야 할 존재’라며 초인(超人)사상을 전한다.
여기서 초인, 즉 ‘위버멘쉬(Übermensch)•’란 무엇일까?

> 인간은 짐승과 초인 사이에 놓인 밧줄, 심연 위에 걸쳐진 밧 줄이다.

인간은 그 자체로는 불완전하다. 그러므로 자신을 극복하여 초인이 되거나 혹은 동물로 머무르거나 두 가지 가능성이 있다.
이 책에서 차라투스트라는 인간 정신의 발달과정을 세 단계로 구분했다.

• 영어로는 overman, 우리말로는 초인(超人)으로 쓰인다.

• **1단계는 낙타.**

낙타는 평생 무릎을 꿇고 짐을 싣는다.
'아니오'라 말하지도, '왜?'냐고 묻지도 않는다.
주인이 실어놓은 짐을 묵묵히 등에 질 뿐이다.
정신의 자유를 상실한 삶, 순종해서 오히려 고된 삶.
만약 이런 삶을 살고 있다면, 그것은 누구의 탓일까?
혹시 나 자신 때문은 아닐까?

• **2단계는 사자.**

사자는 남의 짐을 지고 사는 것을 거부한다.
'너는 이렇게 해야 한다'는 명령에 '나는 저렇게 하고 싶다'고 말할 수 있는 주관과 의지가 있다.
사자의 삶도 고되긴 하지만 '파괴의 고됨'이며 '자유를 쟁취하려는 고됨'이다.

• 3단계는 어린아이.

어린아이는 인간 정신이 도달해야 할 최고의 경지로 나온다.
포효하는 사나운 사자가 왜 이제 아이가 되어야 할까?
사자가 할 수 없는 것을 어린아이가 해낼 수 있다는 말인가?
그렇다. 어린아이는 순진무구함이고 새로운 시작이며 놀이이다.
모래성 쌓기 놀이를 하는 아이들은 파도가 수없이 모래성을 허물어도 슬퍼하거나 원망하지 않고 다시 즐겁게 놀이를 시작한다.
순진무구한 유희, 이것이 바로 창조적이고 자율적인 삶의 원천이다.

선과 악, 아름다움과 추함, 삶의 긍정과 부정을 넘어 있는 그대로의 세계를 받아들이는 성스러운 긍정.
강물의 더러움을 받아들이면서도 자신은 더러워지지 않는 바다.
내적 상처와 열등감 그리고 아픈 기억을 딛고 그림자 없는 밝은 정오(正午), 즉 '위대한 정오'를 맞을 때 생명의 춤을 출 수 있는 존재가 바로 인간의 한계를 극복한 위버멘쉬(초인)이며 그러기 위해서는 어린아이처럼 순진무구하게 유희하라는 것이 이 책의 핵심이다.

"모든 사람을 위한 책, 동시에 그 누구를 위한 것도 아닌 책."
독일 철학자 프리드리히 니체는 자신의 대표작 〈차라투스트라는 이렇게 말했다〉에 이렇게 부제를 붙였다.

불친절하고도 난해한 책. 그럼에도 불구하고 독일어로 쓰인 철학서 중에 세계적으로 가장 많이 읽히는 책.
사람들은 이 책을 '철학적 다이너마이트'라 말하고, 프리드리히 니체를 '망치를 든 철학자'라 부른다. '모든 신은 죽었다', '영원한 진리는 없다' 같은 충격적인 주장을 하기 때문이다.

서양 정신의 기반이었던 신의 존재를 부정한 니체는 두려움과 허무를 극복하기 위한 철학 개념을 세울 필요가 있었고, 그 결과로 풍부하고 강력한 생(生)을 창조한 자, 위버멘쉬(초인)를 목표로 제시한 것이다.

"삶의 예술가가 되어라! 그것이 최고의 행복이다."

그러나 자신의 삶을 창조해나갈 때 우리를 가로막는 큰 장애물이 있다. 그것은 바로 자신의 힘에 대한 불신이다. 그래서 초인이 되려면

'힘에의 의지(Wille zur Macht)'가 필요하다.
결코 머무르지 않고 늘 새로워지려는 힘, 창조의 기쁨을 위해 파괴의 고통을 긍정하는 힘. '힘에의 의지'로 자신을 긍정할 때 우리는 비로소 어린아이의 정신으로 돌아가 '위버멘쉬'가 될 수 있다.

생은 무의미하게 끝없이 반복된다는 '영원회귀' 의식은 우리를 허무주의로 내몰 수도 있지만 내 안의 힘을 믿고 자기 극복을 시도하는 자, 위기에 무릎 꿇지 않고 위기를 지배하는 자인 위버맨쉬는 "운명애(運命愛)•"를 바탕으로 위대한 전복을 이루어낸다. 비록 우리 인생이 무수히 쌓였다가 고스란히 허물어지는 모래성일지라도 '디오니소스적 긍정'으로 다시 처음인 듯 유희할 줄 안다면, 매 순간 유의미하고 영원히 되풀이되어도 바랄만하지 않겠는가?

생을 사랑하고 창조하는 삶의 예술가라면 누구나 초인이 될 수 있다고 말하는 차라투스트라. 그가 묻는다.

당신은 지금 낙타인가, 사자인가, 어린아이인가?
당신의 삶은 다시 똑같이 반복되기를 바랄만한 그런 삶인가?

• Amor Fati. 운명을 감수하는 것을 넘어 긍정하고 사랑하는 것.

작품 속 명문장

그러나 말하라, 형제들이여. 사자도 하지 못한 무엇을 아이가 할 수 있단 말인가? 강탈하는 사자가 이제는 왜 아이가 되어야 한단 말인가? 아이는 순진무구함이고 망각이다. 새로운 시작이고 유희이며, 제 힘으로 굴러가는 바퀴, 최초의 운동이며, 성스러운 긍정이다.
나의 형제들이여, 창조라는 유희를 위해서는 성스러운 긍정이 필요하다. 이제 정신은 '자신의' 의지를 원하고 세계를 잃어버린 자는 '자신의' 세계를 새롭게 얻는다.

"사랑은 아름다움에 대한 열망이다."

〈향연〉 중에서

21
향연

Symposium, BC 384-BC 379 사이

그리스의 최고지성들이 벌이는 '사랑'에 관한 끝장토론

플라톤
Platon, BC 427-BC 347, 고대 그리스

플라톤의 〈향연〉은 비극시인 아가톤이 비극 경연대회에서 우승한 것을 기념하여 열린 연회 자리에서 소크라테스와 여섯 명의 참석자들이 나누는 '사랑(에로스)'에 관한 대화다.

먼저 파이드로스가 운을 뗀다.
그는 에로스 신의 힘을 찬미한다. 사랑하는 이 앞에서 갑자기 없던 용기가 생기거나 사랑하는 사람을 위해 용감하게 죽는 이까지 있는 것은 에로스가 힘을 주었기 때문이라는 것이다.

"사랑하는 사람에게 우리는 명예로운 존재로 보이기를 원합니다. 이것이 바로 사랑의 힘이고, 그게 바로 사랑인 겁니다."

두 번째로 나선 파우사니아스는 사랑을 두 종류로 나눠 설명한다. "사랑은 하나가 아니라 둘입니다. 여성에 대한 찰나적이고도 쾌락적인 사랑과, 지성의 싹을 보이는 아름다운 소년•에 대한 지속적인 사랑. 육체를 탐하는 범속(凡俗)한 사랑보다는 상대를 미덕으로 이끄는 한결같은 사랑이 참된 사랑, 천상의 사랑이지요."

의사인 에릭시마코스는 무절제한 사랑과 절제 있는 사랑으로 나누어, 방종한 사랑을 경계하고 절제 있는 사랑을 할 때 우애와 행복이 찾아온다고 말했다.

• 당시 그리스 사회에서는 성인 남성과 소년 사이의 동성애가 흔히 있는 일이었다.

묵묵히 듣던 희극작가 아리스토파네스.

그는 남녀 간 사랑에 관한 독특한 이론을 소개한다.

신화에 따르면 인간의 성(性)은 원래 세 종류였다고 한다.

남성+남성, 여성+여성 그리고 남성+여성의 자웅동성.

그들은 네 개의 팔과 네 개의 발을 지녔고, 몸이 둥글어 어느 방향으로든 걸을 수 있었다.

또 달리기 할 때에는 여덟 개의 팔다리로 땅바닥을 디디며 재빠르게 굴러갈 수 있었다.

대단한 힘과 능력을 지녔지만 자부심이 대단하여 신들마저 공격하려 했다.

제우스는 인간들을 징벌하기 위해 몸을 반으로 갈라 무력하게 만들었고, 두 팔과 두 발만 갖게 된 인간들은 떨어져 나간 다른 반쪽을 그리워하게 되었다는 것이다.

"우리는 원래 온전한 존재였으니, 그 온전함을 다시 찾고자 하는 것이 사랑 아닐까요?"

아가톤은 에로스 신의 본성과 아름다움, 미덕을 칭송한다.
우리를 정의와 절제, 용기, 지혜와 같은 미덕으로 인도하는 힘, 아름다움을 추구하게 하는 힘, 이는 모두 에로스 덕분이라는 것이다.
"에로스 신이 그러하듯, 사랑 역시 그 자체로 훌륭하고 아름다운 것이지요. 그래서 사랑은 삶에서 모든 좋은 것의 원인입니다."

아가톤의 말을 듣고 비로소 입을 여는 소크라테스.
"사랑은 그 자체로 아름다운 것이 아니라네. 사랑은 오히려 아름다움에 대한 열망이지."

소크라테스는 만티네이아의 여인 디오티마•에게서 들었다는 이야기를 좌중에게 들려준다.
에로스는 신과 인간 사이에 있는 정령으로, 풍요의 신 포로스와 가난의 여신 페니아 사이에서 태어났다.
에로스에게는 어머니의 본성에 따라 늘 결핍이 따라다녔지만 다행히 계략에 뛰어난 아버지를 닮아 아름다운 것과 좋은 것들을 얻는 능력도 함께 타고났다.
그래서 에로스 신은 지혜롭지는 않지만 지혜를 추구하고, 아름답지는 않지만 아름다움을 추구한다.
그리고 여기서 '아름다움'은 결정적인 역할을 한다.

• Diotima. 제우스로부터 명예를 얻은 여성.

인간은 아름다운 육체 혹은 아름다운 정신을 만났을 때 생산의 욕구가 샘솟기 때문이다.

“사랑은 아름다운 육체를 사랑하는 단계에서 출발하여 정신적인 아름다움을 사랑하는 단계를 거쳐, ‘아름다움 그 자체’에 대한 사랑으로

상승운동을 한다네."

사랑이야 말로 우리를 이데아로 향하도록 만드는 에너지이자, 우리가 진리를 추구하게 만드는 유일한 힘이라는 게 〈향연〉의 결론이다.

안젤름 포이어바흐, 〈플라톤의 향연〉(1873)

사랑에 대한 모든 고찰이 담긴 플라톤의 〈향연〉. 원제인 'Symposium'은 '함께(sym) 먹고 마신다(posium)'는 의미다.
이 작품은 플라톤의 대화편•들 가운데 문학적으로 가장 뛰어나 〈국가〉 다음으로 많이 읽히는 작품이며, 플라톤의 핵심철학인 '이데아'론을 이해하기에 가장 적합한 저작이다.

인간은 좋은 것을 자기 자신 속에 영원히 간직하여 육체의 유한성을 뛰어넘으려 하는데, 이때 불멸의 길을 열어주는 것이 바로 에로스(사랑)다. 육체적으로는 자식을 낳음으로써, 정신적으로는 창조를 통해 인간은 불멸한다. 이때 결정적 역할을 하는 것이 아름다움이다. 육체적인 아름다움에서 출발하여 정신적 아름다움을 사랑하고 마침내 아름다움 자체에 도달하는 것이 아름다움의 이데아이며, 이것이야말로 영원하고 가치 있는 것이다.

이 책을 통해 플라톤이 당신에게 던지는 질문.

"당신의 삶은 아름다움을 포기하지 않은 그런 삶인가?"

• 폴리테이아, 파이돈, 크리톤 등 플라톤이 쓴 대화 형식의 철학서로 총 35편이다.

작품 속 명문장

자신의 힘으로 가든 다른 사람의 인도로 이끌리든, 사랑의 진리로 향하는 올바른 여정은 이와 같습니다. 처음에는 지상의 아름다운 것들에서 시작하여 저 높은 곳의 아름다움으로 올라갑니다. 마치 사다리를 타고 오르듯 하나에서 둘로, 둘에서 모든 아름다운 육체로, 그리고 아름다운 육체에서 아름다운 행동으로, 아름다운 행동에서 아름다운 학문으로, 그리고 마침내 아름다움 그 자체를 궁구하는 완전한 학문에 도달하여 미(美)의 정수를 대면하게 됩니다.

8장 **머스트 리드 '인문교양'**

프랭클린 자서전 _ 벤저민 프랭클린

시민 불복종 _ 헨리 데이비드 소로

탈무드 _ 유대교 율법서

"너의 적을 사랑하라. 그들은 너의 결점을 말해주기 때문이다."

〈프랭클린 자서전〉 중에서

22

프랭클린 자서전

The Autobiography of Benjamin Franklin, 1788

자기계발서의 시초, 미국 산문 문학의 백미

8장 마스트 리드 '인문교양'

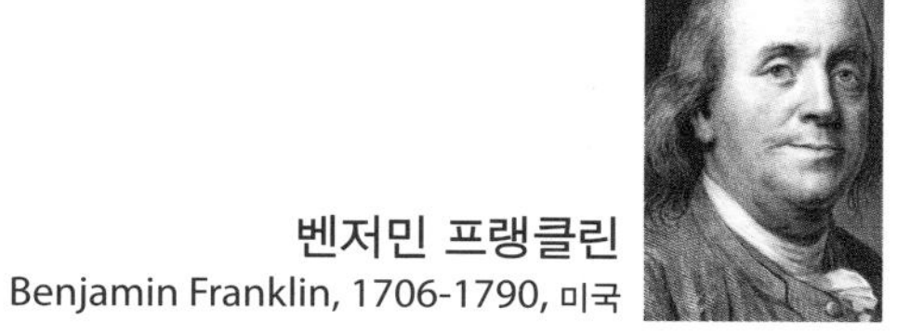

벤저민 프랭클린

Benjamin Franklin, 1706-1790, 미국

미국 100달러 지폐에 실려 있는 초상화의 주인공 벤저민 프랭클린.
그는 가난한 이민자 가정에서 17남매 중 15번째로 태어났다.
아버지는 양초와 비누 제조업자였다.

일곱 살 때 그의 삶에 큰 영향을 준 사건이 일어난다.
호루라기를 하나 사서 집에 돌아왔는데, 형들은 그가 산 호루라기 가격을 듣고 놀려댔다.
그는 너무나 억울한 나머지 엉엉 울고 만다.
형들이 놀려서가 아니라 호루라기를 네 배나 비싸게 샀다는 사실 때문이었다.
필요 이상으로 대가를 지불한다는 뜻으로 쓰이는 영어의 관용적 표현 'pay too much for a whistle(호루라기 값을 너무 비싸게 지불하다)'은 여기서 유래한다.
그는 이날의 교훈을 늘 가슴에 새기고 살았다.

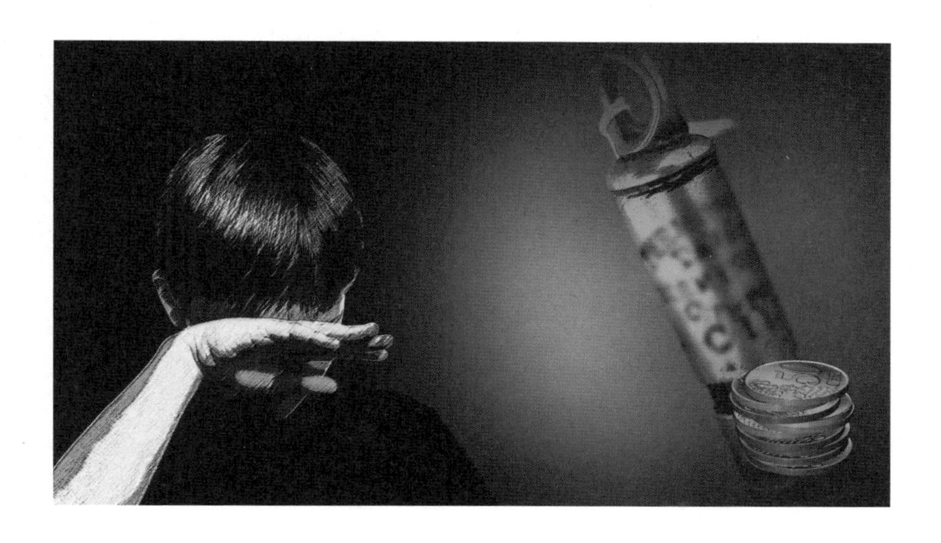

이렇게 어린 시절 시작된 근면하고 성실한 태도는 평생 이어졌고, 만년에 이르러 그는 자식들에게 교훈을 주고 인생을 어떻게 살아야 하는지 가르쳐주기 위해 자서전을 집필한다.

벤저민 프랭클린

"너의 적을 사랑하라. 그들은 너의 결점을 말해주기 때문이다."

"돈을 빌려준 사람은 돈을 빌린 사람보다 훨씬 기억력이 좋다."

이 책에는 그가 인생의 지침으로 삼았던 13가지 덕목이 나온다.

1. 절제(Temperance): 배부르게 먹지도, 취하게 마시지도 마라.
2. 침묵(Silence): 쓸데없는 말은 하지 마라.
3. 질서(Order): 모든 물건은 제자리에 두고, 일은 때를 정해서 하라.
4. 결단(Resolution): 해야 할 일은 과감히 실행하라.
5. 절약(Frugality): 나나 남에게 유익하지 않은 일에는 돈을 쓰지 마라.
6. 근면(Industry): 시간을 함부로 쓰지 마라.
7. 진실(Sincerity): 사람을 속이지 말고, 언행을 일치시켜라.
8. 정의(Justice): 남을 모욕하거나 피해를 주는 일은 하지 마라.
9. 중용(Moderation): 극단을 피하고 상대에게 상처를 주지 마라.
10. 청결(Cleanliness): 신체, 옷, 집은 깨끗이 정리하라.
11. 평정(Tranquility): 사소한 일, 어쩔 수 없는 일에 흔들리지 마라.
12. 순결(Chastity): 건강한 자손을 위해서만 사랑하라.
13. 겸손(Humility): 예수와 소크라테스의 가르침을 깊이 새겨라.

평생 수첩을 가지고 다니며 13가지 덕목을 실천하려 노력한 그는 철저한 시간 관리와 엄격한 자기관리를 통해 수많은 업적을 남겼다. 공공 도서관 설립, 의용소방대 창립, 우편제도 개혁, 피뢰침 발명……. 뿐만 아니라 토머스 제퍼슨과 함께 미국 독립선언서를 기초하고 미국의 독립을 이끌어낸 국부(國父)이기도 하다.

맨몸으로 밑바닥에서 출발하여 근면과 성실함을 무기로 인생 전반에서 완벽한 성취를 이룬 벤저민 프랭클린.
사람들은 그를 **'미국의 정신' '최초의 미국인'**이라 부른다.

자기계발서의 시초이자 미국 산문 문학의 백미로 꼽히는 〈프랭클린 자서전〉. 한 인간이 철저한 자기관리로 아메리칸 드림을 이루는 과정을 보여주는 성공의 교과서와 같은 책이기도 하다.

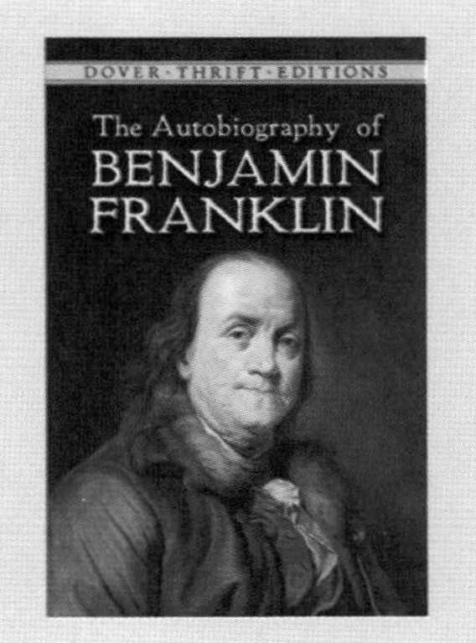

그는 정규교육이라고는 2년밖에 받지 못했지만 인쇄업자, 저술가, 정치가, 과학자, 음악가, 발명가, 시민운동가, 외교관 등 다양한 분야에서 두각을 나타냈다. 끝없는 자기성찰과 자기계발, 철저한 시간 관리로 한순간도 헛되이 보내려 하지 않은 그의 노력이 그를 미국 역사상 가장 다재다능한 인물로 만든 것이다.

미국의 정신을 대표하는 인물, 미국인들에게 가장 존경받는 위인 중 한 명으로 꼽히는 벤저민 프랭클린.
1790년에 세상을 떠난 그의 묘비명은 '인쇄인 프랭클린(B. Franklin, printer)'이다.

평생 자신의 소신을 지키고 실천한 벤저민 프랭클린. 그가 말한다.

당신은 인생을 사랑합니까?
그렇다면 시간을 낭비하지 마세요.
인생은 시간으로 이루어져 있기 때문입니다.

작품 속 명문장

인쇄소를 차릴 때 진 빚을 이제는 조금씩 갚기 시작했다. 상인으로서의 신용과 평판을 잃지 않으려고 실제로 근면검소하게 지냈고, 또 그렇게 보이도록 하는 데도 신경을 썼다. 옷을 수수하게 입었고 한가하게 노는 곳은 근처에도 얼씬하지 않았다. 낚시나 사냥도 하지 않았다. 책을 읽느라 잠시 일을 미룬 적은 있어도 극히 드문 경우였고, 남의 눈에 띄지 않게 매우 삼갔기에 사람들 입방아에 오르내리는 일은 없었다. 또 인쇄소 일에 늘 열심이라는 걸 보여주려고 가게에서 산 종이꾸러미를 손수레에 싣고 거리를 활보해 집으로 오기도 했다. 그렇게 해서 부지런하고 성공할 만한 젊은이라는 평판을 얻어냈다.

“우리는 먼저 인간이어야 하고, 그 다음에 국민이어야 한다.”

〈시민 불복종〉 중에서

23
시민 불복종

Civil Disobedience, 1849

QR

톨스토이, 간디, 마틴 루터 킹, 함석헌 등 위대한 사상가들이 선택한 책

헨리 데이비드 소로
Henry David Thoreau, 1817-1862, 미국

1846년 7월 어느 날, 스물아홉 살 청년이 매사추세츠 주 경찰에 붙잡혀 감옥에 수감된다.

그의 이름은 헨리 데이비드 소로.

그는 6년 전부터 인두세• 납부를 거부해왔다.

• 人頭稅. 성인에게 일률적으로 부과되는 세금.

미국 정부가 흑인 노예제도를 계속 용납하는데다 영토 확장을 목적으로 멕시코 전쟁까지 일으킨 것에 대한 일종의 항의였다.
누군가가 밀린 세금을 대신 내주어 비록 하루 만에 감옥에서 풀려나긴 했지만 소로는 이 일을 통해 개인의 자유와 국가의 부당한 권력에 대해 깊이 고민하게 된다.

> 우리는 먼저 인간이어야 하고, 그 다음에 국민이어야 한다. 법에 대한 존경심보다 정의에 대한 존경심을 먼저 기르는 것이 바람직하다.

미국 정부가 멕시코와 2년에 걸친 전쟁 끝에 뉴멕시코와 캘리포니아를 헐값에 양도받는 것을 보며 그는 한 인간으로서 정부에 대해 어떻게 처신하는 것이 올바른 자세일까를 묻는다.

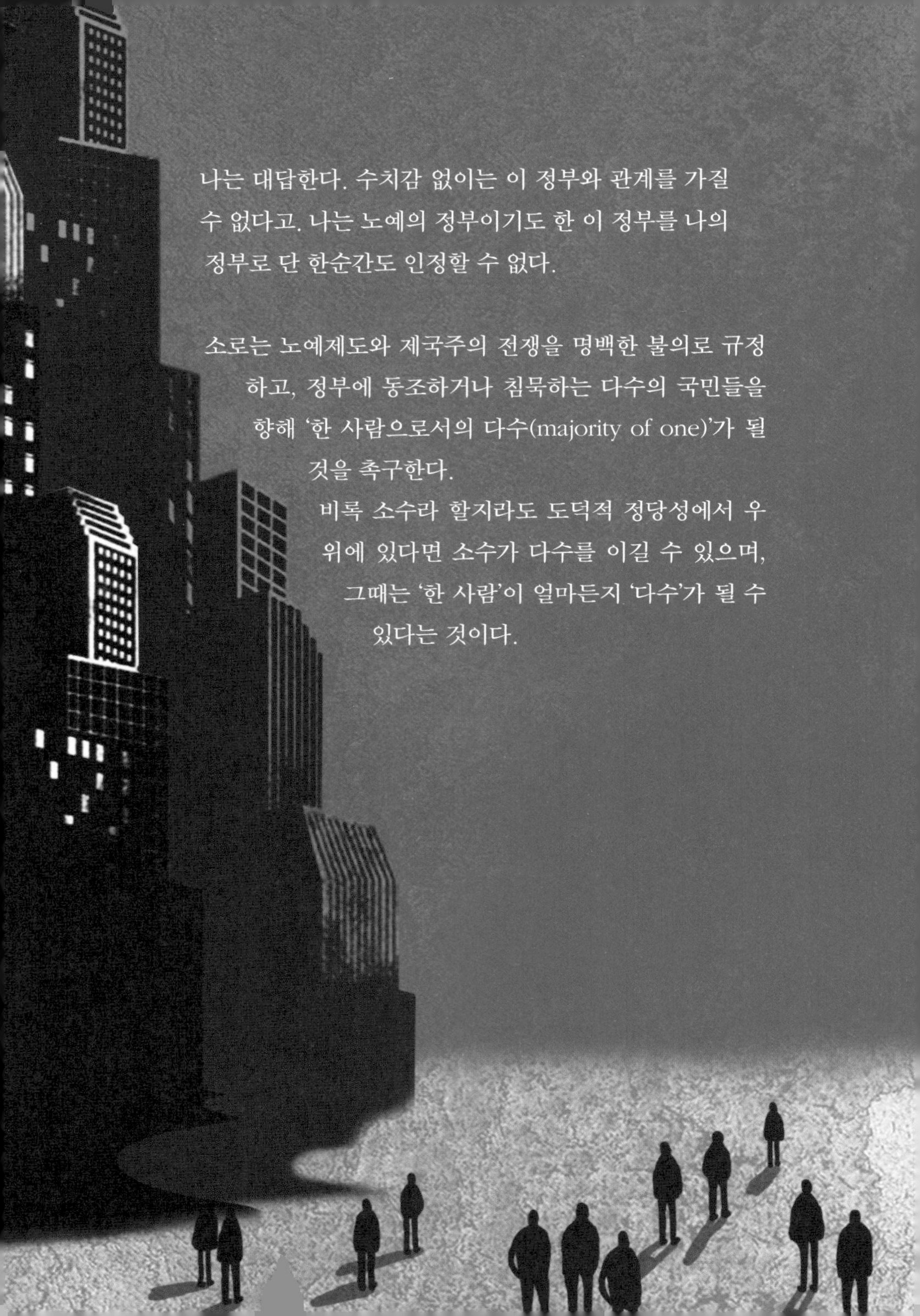
나는 대답한다. 수치감 없이는 이 정부와 관계를 가질 수 없다고. 나는 노예의 정부이기도 한 이 정부를 나의 정부로 단 한순간도 인정할 수 없다.
소로는 노예제도와 제국주의 전쟁을 명백한 불의로 규정하고, 정부에 동조하거나 침묵하는 다수의 국민들을 향해 '한 사람으로서의 다수(majority of one)'가 될 것을 촉구한다.
비록 소수라 할지라도 도덕적 정당성에서 우위에 있다면 소수가 다수를 이길 수 있으며, 그때는 '한 사람'이 얼마든지 '다수'가 될 수 있다는 것이다.

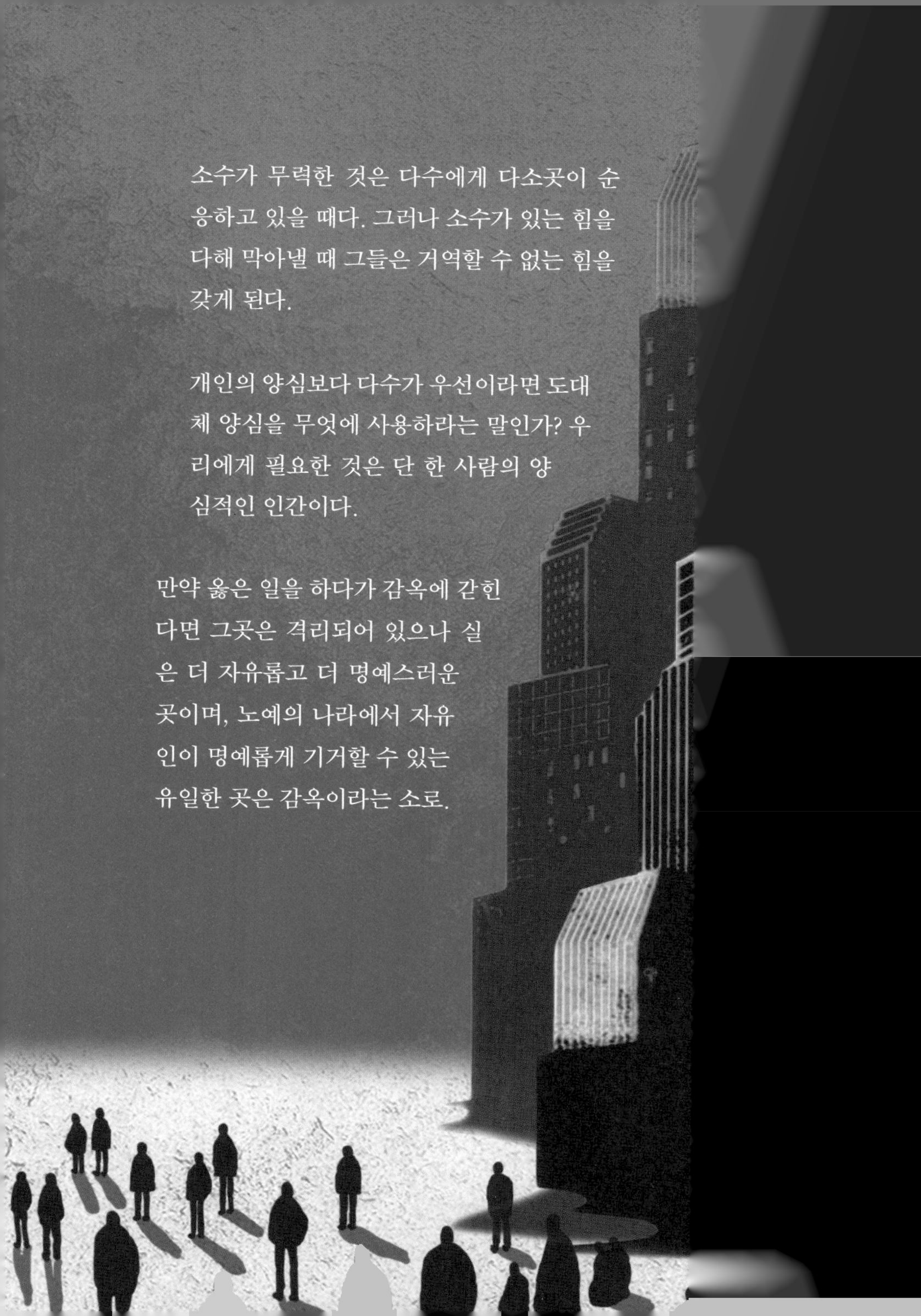
소수가 무력한 것은 다수에게 다소곳이 순
응하고 있을 때다. 그러나 소수가 있는 힘을
다해 막아낼 때 그들은 거역할 수 없는 힘을
갖게 된다.
개인의 양심보다 다수가 우선이라면 도대
체 양심을 무엇에 사용하라는 말인가? 우
리에게 필요한 것은 단 한 사람의 양
심적인 인간이다.
만약 옳은 일을 하다가 감옥에 갇힌
다면 그곳은 격리되어 있으나 실
은 더 자유롭고 더 명예스러운
곳이며, 노예의 나라에서 자유
인이 명예롭게 기거할 수 있는
유일한 곳은 감옥이라는 소로.

한 인간이 내는 지성과 양심을 들으려 하지 않고 물리적 힘으로만 이를 억누르려는 정부를 향해 그는 담대하게 외친다.

"**나는 누구에게 강요받기 위하여 이 세상에 태어난 것은 아니다**. 나는 내 방식대로 숨을 쉬고 내 방식대로 살아갈 것이다. 누가 더 강한지는 두고 보도록 하자."

19세기 미국의 사상가요 수필가인 헨리 데이비드 소로의 〈시민 불복종〉. 그의 작품 〈월든〉이 생태주의의 복음서라면 〈시민 불복종〉은 시민운동의 복음서다.

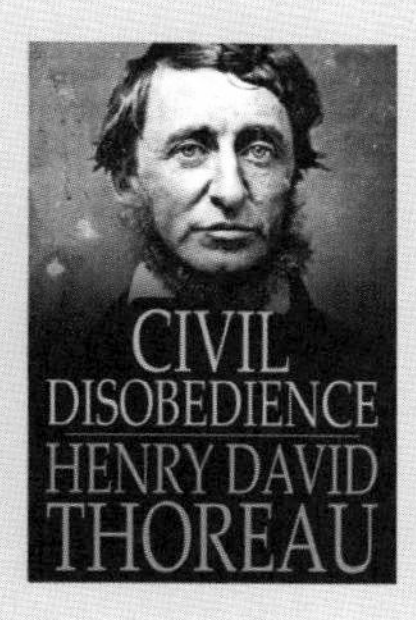

50쪽 남짓한 이 짧은 수필은 훗날 실로 엄청난 영향을 끼친다. 간디가 이끈 인도의 비폭력 저항운동과 마틴 루터 킹의 미국 흑인 인권운동, 넬슨 만델라의 남아프리카 인권운동까지, 불의한 권력과 싸운 수많은 이들이 이 책을 통해 용기를 얻었기에 역사의 물줄기를 바꾸어 놓은 책이라 할 수 있다.

시민 불복종은 정부 또는 다수의 정책이 도덕적 정당성을 갖지 못한다고 판단될 때 개인의 양심에 따라 이를 공개적으로 거부하는 행위를 말한다.

“인류 역사는 불복종 행위에서 시작됐다. 불복종하는 능력이야말로 문명의 종말을 막을 수 있는 유일한 방법이다.” —에리히 프롬(독일 사회심리학자)

에리히 프롬(1900-1980)

’가장 좋은 정부는 가장 적게 다스리는 정부’라고 믿었던 헨리 데이비드 소로. 그가 오늘 우리를 향해 이렇게 말한다.

당신은 국민으로 살 것인가, 아니면 인간으로 살 것인가?
또한 법을 지킬 것인가, 아니면 정의를 지킬 것인가?
단 몇 사람이라도 ‘절대적으로 선한 사람’이 어디엔가 있는 것이 중요하다.
왜냐하면 그 사람들이 전체를 발효시킬 효모이기 때문이다.

작품 속 명문장

왜 정부는 개혁이 필요한 것을 미리 알고 행하지 않는가? 왜 정부는 그들의 현명한 소수자들을 소중히 아끼지 않는가? 왜 정부는 도전을 받기도 전에 엄살 피우며 막으려고만 드는가? 왜 정부는 시민들이 정부의 잘못을 지적하도록 독려해 일을 더 잘하려고 하지 않는가? 왜 정부는 항상 그리스도를 십자가에 매달고, 코페르니쿠스와 루터를 파문하며, 워싱턴과 프랭클린을 반역자라 선언하는가?

www.monaissance.com

"오래된 과일 위에 신선한 과일을 얹어서 팔아서는 안 된다."

〈탈무드〉 중에서

24

탈무드

Talmud, 6세기

천 개의 눈을 사용해 천 개의 길을 찾는 생각의 힘

유대교 율법서

"랍비*여, 탈무드를 배우고 싶습니다."

"당신은 아직 탈무드를 배울 자격이 없습니다."

왜 자격이 안 되는지 반문하는 그에게 랍비가 질문했다.

* Rabbi. 유대교의 율법 교사.

"두 남자아이가 굴뚝 청소를 하게 되었는데, 한 아이는 얼굴이 까맣게 되어 내려왔고 다른 아이는 그을음이 묻지 않은 채로 내려왔소. 어떤 아이가 얼굴을 씻을 거라고 생각하오?"
"얼굴이 더러운 아이 아닐까요?"
"그러니 당신은 아직 탈무드를 공부할 자격이 없다는 것입니다."
"그럼 깨끗한 아이입니다."
"그러니까 당신은 탈무드를 공부할 자격이 없다는 것입니다."
"두 아이가 굴뚝을 청소했으니 같은 굴뚝일 것이고 그러면 두 아이 모두 같은 얼굴로 내려왔을 것이오."

이 말을 남기고 떠나버린 랍비.
도대체 그의 대답에서 무엇이 잘못된 것일까?
잘못된 것은 없다.
단지 즉각적이고 평면적인 생각과 반성적이고 다층적인• 생각의 차이일 뿐.

• 여러 가지 관점과 차원.

〈탈무드〉는 수많은 비유와 우화의 형식으로 생각의 재료들만을 제공할 뿐 직접적으로 설교하거나 가르치지 않는다.
생각의 재료에 생명력을 불어넣는 일은 공부하는 사람의 몫으로 남겨놓는다.
'스스로' 지혜를 터득하고 그 교훈대로 살아가라는 것이다.

한 아이를 두고 서로 자신의 아이라며 다투는 두 여인에게 '아이를 칼로 잘라 이등분하라'는 판결을 내놓았던 솔로몬 왕.
진실을 가려야 하는 어려운 상황에서 균형을 잃지 않고 상황을 판단하는 통찰력이 빛난다.

"인간은 태어날 때는 손을 쥐고 태어나지만 죽을 때는 반대로 손을 편다."
모든 것을 나눠주고 빈손으로 떠나는 인생. 〈탈무드〉는 '나누는 삶'을 강조한다.

"오래된 과일 위에 신선한 과일을 얹어서 팔아서는 안 된다."
양심과 정직을 우선시하는 상도덕 또한 〈탈무드〉의 지혜 안에 있다.

이외에도 인간과 사회에 대한 주옥같은 삶의 지침들이 들어있다.
"거짓말쟁이가 받는 최대의 벌은 그가 진실을 말해도 사람들이 믿지 않는 것이다."

"모자란 인간들은 다른 사람의 수입에는 신경을 쓰면서 자신의 낭비에는 신경 쓰지 않는다."
"기억을 증진시키는 가장 좋은 약은 그를 감탄하게 만드는 것이다."
"중상모략은 살인보다 위험하다. 반드시 세 사람을 죽이기 때문이다. 중상하는 자신과 그것을 막지 않고 듣는 사람, 그리고 중상의 대상자이다."

천 개의 눈을 사용해 천 개의 길을 가보는 생각의 힘.
이것이 바로 〈탈무드〉가 제시하는 지혜의 길이다.

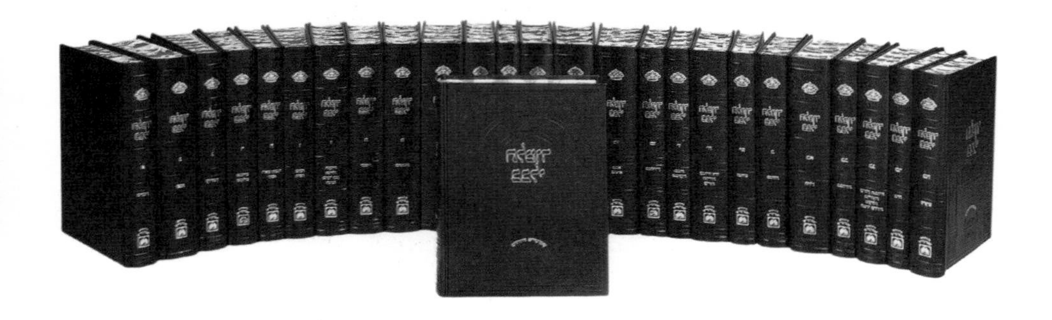

'위대한 연구'라는 뜻을 가진 〈탈무드〉는 기원전 500년부터 기원후 500년까지 구전되어 온 이야기를 2천 명의 학자들이 10년간 집대성한 유대인의 지혜와 지식의 창고다.
총 20권 1만 2천 페이지에 달하는 일종의 유대 백과사전으로 문학, 도덕, 종교, 법, 전통, 철학 등 전 분야를 총망라하고 있다. 다양한 문자로 전해지나 일반적으로는 〈바빌로니아 탈무드〉가 통용되고 있으며 6세기경 현재의 형태로 정립되었다.

질곡과 시련의 역사를 이어온 유대인의 과거와 현재를 지배하는 유대인의 정신적 실체이자 생활규범이며 혼(魂)이라 불리는 〈탈무드〉.

"유대인에게 〈탈무드〉는 나라를 잃었을 때에도 품고 다닐 수 있는 조국이었다."—세실 로즈(영국 정치가)

세실 로즈(1853-1902)

그러나 그 때문에 많은 수난을 받기도 했다. 1244년 파리에서는 〈탈무드〉가 24대의 수레에 압수되어 모두 불태워졌으며, 1520년 로마

에서도 그리고 그 후에도 같은 운명이 반복되었다. 하지만 〈탈무드〉가 전하는 성찰과 지혜는 끝내 소각되지 않았고 인종과 시공간을 뛰어넘는 가장 보편적인 인류의 고전으로 남게 되었다.

〈탈무드〉의 첫 페이지와 마지막 페이지는 백지로 남아있다.
왜일까?
탈무드를 펼치고 닫는 사람이 스스로 그 여백을 채우라는 의미 아닐까.

작품 속 명문장

대홍수가 지구를 휩쓸었을 때, 온갖 동물이 노아의 방주로 급히 몰려 들었다. 그중에는 '선(善)'도 있었다. 노아는 선이 배에 오르는 것을 막았다. "잠깐, 나는 짝이 있는 것만 태운다네." 노아의 단호한 거절에 선은 다시 숲으로 돌아가 짝이 될 상대를 절박하게 찾았다. 마침내 선이 방주로 데리고 온 짝은 바로 악(惡). 이때부터 선(善)이 있는 곳에는 항상 악(惡)도 있게 되었다.

9장 **행복한 공동체 만들기, '정치·경제·사회'**

유토피아 _ 토머스 모어

유한계급론 _ 소스타인 베블런

자본과 이자 _ 오이겐 폰 뵘바베르크

"이상향은 한낱 헛된 꿈이 아니라 우리가 노력하면 만들 수 있다."

토머스 모어

25

유토피아

Utopia, 1516

QR

이상적 정치이념을 주창한 고전의 대표작

9장 행복한 공동체 만들기, '정치·경제·사회'

토머스 모어

Thomas More, 1478-1535, 영국

유럽의 봉건제도가 붕괴되던 15~6세기. 각국 군주들은 왕권 강화를 위한 조치들을 시행한다.

왕들은 국민들의 행복보다 새로운 영토를 얻는 데만 관심이 있었고, 허수아비 신하들은 왕의 곁에서 간사하게 맞장구를 쳤다.

이들은 평화보다 전쟁에, 통치보다 정복에 더 많은 노력을 기울였으며, 그들에 대항하여 변화를 추구하는 사람들을 모략하고 추방했다.

산업이 발달하면서 농촌이 붕괴되는 시점도 그 무렵이었다.
당시 영국은 모직산업이 발달해 원료인 양모가 부족해지자 농경지를 목장으로 바꾸어 울타리를 치고 대규모로 양을 기르기 시작했다.
이름하여 인클로저• 운동.

그 결과 농경지에서 쫓겨난 소작농들은 노동계급으로 전락한다.
이들은 아무리 열심히 일해도 가난을 벗어날 수 없었다.

> "지금 양이 사람을 잡아먹고 있습니다."
> "양이 사람을 잡아먹다니? 그런 해괴한 일이 어디에서 벌어지고 있단 말이오?"
> "바로 '나으리'의 나라 영국입니다."

• enclosure. 토지 둘러싸기 운동.

〈유토피아〉에서 토머스 모어와 박식한 학자이자 모험가인 라파엘 히스로디가 나누는 대화다.
이 책은 지은이가 히스로디에게서 이상향 '유토피아'의 제도와 풍속에 대해 전해들은 것을 기록하는 형식으로 전개된다.

유토피아 섬의 주민은 10만 명이다.
가족 단위로 모여 사는데, 50가구씩 모여 하나의 집단을 이루고 시포그란트(Syphogrant)라는 대표를 선출한다.
선출된 시포그란트들이 모인 750명의 평의회에서는 네 명의 후보를 받아 그중에 한 사람을 왕으로 뽑는다.
왕으로 선출되면 평생 자리를 지킬 수 있지만 만일 전제군주가 되면 퇴위시킬 수 있다.

집들은 모두 똑같이 생겼고 도둑이 없으니 자물쇠를 채울 필요도 없다.
대신 타성에 젖지 않도록 10년마다 이사를 해야 한다.

유토피아 섬에는 화폐제도가 없으며 주민들은 시장에 가서 필요한 만큼 물건을 가져다 쓰면 된다.
대신 시장에 농산물을 공급하기 위해 누구에게나 2년 동안 농사를 지을 의무가 있다.
혹 간통을 하거나 섬에서 탈출을 기도한 자는 자유인의 권리를 잃고 '노예'가 된다.

유토피아의 주민들은 하루 여섯 시간을 일하고 여가시간에는 문화센터에서 교양강좌를 듣는다.
금이나 은을 돌같이 여기며 정신적인 즐거움을 추구한다.

이처럼 500년 전에 묘사된 이 나라에는 지금 우리 사회에서 바라고 추구하는 것들이 아주 많다.
토머스 모어는 인간의 선한 본성을 지지할 수 있는 바람직한 사회제도를 잘 정립한다면 현실에서도 이상적인 사회를 실현할 수 있다고 믿었다.
이상향은 한낱 헛된 꿈이 아니라 우리가 노력하면 만들 수 있다는 것이다.

근대소설의 효시이자 이상적 정치이념을 주창한 고전의 대표작 〈유토피아〉. 라틴어 어원으로 'U-topia'는 'No-Place', 즉 '어디에도 없는 곳'이라는 뜻이다.

이 책에서 유토피아로 묘사된 이상적 국가는 경제 · 교육 · 노동 · 주거 문제 등에 관해 매우 진보적이다. 주민들은 여섯 시간 일하고 여덟 시간 자며, 그 외에는 독서 등 각자의 취미생활에 시간을 보낸다. 또한 모어가 바라는 유토피아는 인간의 존엄성과 자유를 최우선 가치로 삼는 나라였다. 이것은 비단 그만이 꿈꾼 이상향이 아니라 현대에 와서도 많은 사람들이 갈망하는 나라이다.

이상주의 사회를 만들어가는 데 무엇보다 필요한 것은 자신의 즐거움을 조금씩 양보해 공동선(共同善)을 이뤄가는 것.

"당신이 혼자 즐기기 위해 남의 쾌락을 빼앗는 것은 옳지 않다. 하지만 다른 사람의 즐거움을 위해 당신 자신의 쾌락을 희생하는 것은 인간다운 행위다." —토머스 모어

아프리카 부족을 연구하던 인류학자가 아이들을 모아놓고 게임을 제안했다. "저 나무 아래 바구니까지 가장 먼저 뛰어간 사람에게 저 과일을 다 줄게." 그러자 아이들은 마치 약속이라도 한 듯 서로 손을 잡고 달려갔다. 그리고 깔깔대며 과일을 함께 나눠 먹는 아이들. 예상이 빗나간 것이다.
"1등한 사람에게 다 주겠다고 했는데 왜 손을 잡고 같이 달렸니?" 그러자 돌아오는 아이들의 대답은 "UBUNTU!", 즉 "우리가 있기에 내가 있다!"였다. 다른 아이들이 다 슬픈데 어떻게 나만 기분 좋을 수 있겠느냐는 거다.

상대방을 배려하고 고통을 분담하는 사회, 더불어 살아가는 사회가 곧 유토피아다. 현실이 고달프고 각박할수록 이상향을 향한 인간의 갈망은 더욱 절실해진다.

당신이 꿈꾸는 유토피아는 어떤 것인가?
오늘 그런 세상을 향해 나아가고 있는가?

작품 속 명문장

유토피아 사람들은 피를 흘려 이기는 전쟁은 좋아하지 않을 뿐만 아니라 아예 수치스럽게 여깁니다. 아무리 좋은 물건이라도 너무 비싼 값을 치르고 얻는 것은 어리석은 짓이라고 보는 거지요. 그들이 가장 자부심을 느끼는 승리는 유혈참사 없이 지혜와 적절한 책략으로 적을 물리치는 경우입니다. 그럴 경우 그들은 승리를 공식적으로 축하하고 참여한 자들의 업적을 기리기 위해 기념비를 세웁니다. 그들은 이것이 인간의 본성에 맞는 인간다운 행동이라 생각합니다. 이성의 힘으로 적을 이기는 것은 다른 어느 동물도 불가능하고 오직 인간만이 할 수 있는 일이므로 그렇습니다. 곰이나 사자, 멧돼지, 늑대, 개를 비롯한 다른 모든 동물은 상대와 싸울 때 육체의 힘을 사용합니다. 그것들은 대부분 인간보다 힘이 세고 사납습니다. 하지만 인간이 그들보다 우월한 것은 지성과 이성이 있기 때문입니다.

www.monaissance.com

부자들의 행태가 낳은 결과들을 탁월하고 적나라하게 조명한 책.”

존 갤브레이스(미국 경제학자)

26
유한계급론
The Theory of the Leisure Class, 1899

왜 나는 일하고 당신은 노는가?

소스타인 베블런
Thorstein Bunde Veblen, 1857-1929, 미국

금융시장을 장악한 J.P. 모건, 미국 석유의 95퍼센트를 독점한 존 록펠러, 강철왕 앤드류 카네기, 철도사업가 헨리 밴더빌트 등 거대 자본가들의 독점이 기승을 부리던 19세기 미국.
경제는 급속하게 성장했지만 사회 불평등 또한 극심했다.
마크 트웨인은 이 시대를 비꼬아 도금시대(gilded age), 강도 귀족(robber baron)이 판을 치는 시대라고 묘사했다.

이러한 시기에 부호들의 비뚤어진 라이프 스타일을 통렬하게 비판한 경제학자 베블런의 첫 저서 〈유한계급론〉이 출간된다.
경제현상을 문화인류학적으로 접근한 참신함으로 그 가치를 인정받는 〈유한계급론〉.
이 책이 세상을 더욱 놀라게 한 점은 유한계급의 행태에 대한 신랄한 조롱이었다.

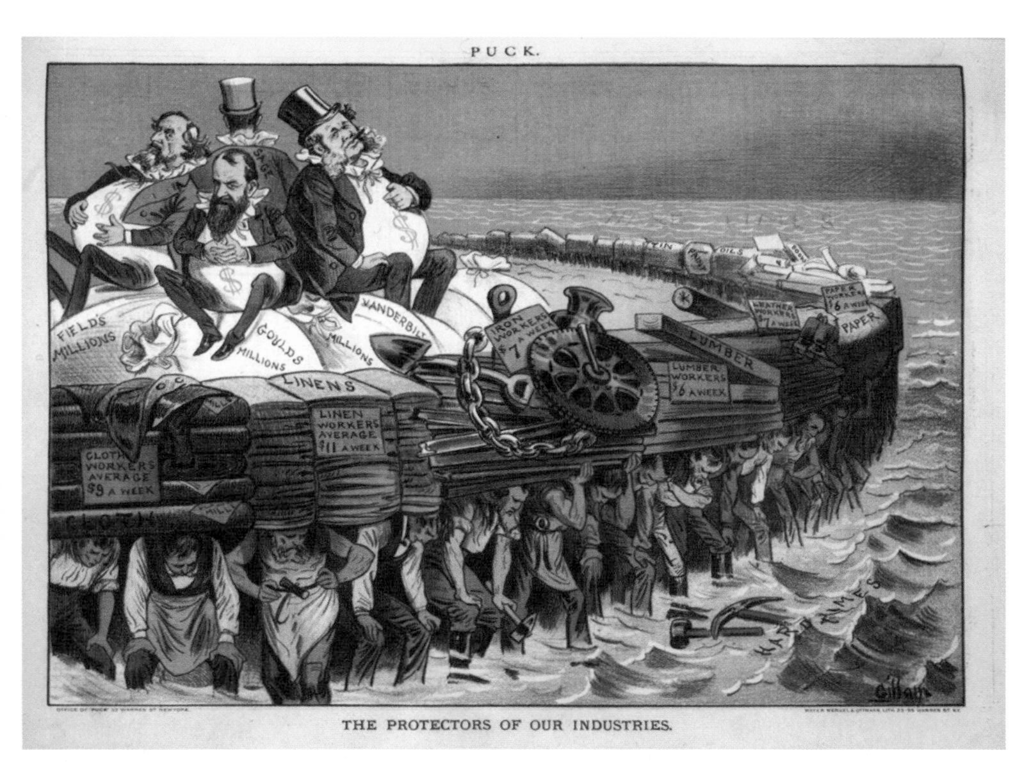

19세기 미국 잡지 *PUCK*에 실린 〈우리 산업의 보호자들〉

유한계급을 풍자하다

베블런은 유한계급을 야만인과 같은 존재로 분석했다.

야만인 여성들이 고통을 견디며 몸에 문신을 새겨 넣는 것처럼 근대 여성은 코르셋으로 몸을 꽉 죄는 고통을 참아낸다.

왜 여성들이 이러한 고통을 감수하는가?

그것으로 자신의 멋을 드러내 남편과 애인의 관심을 끌거나 부를 과시하기 위해서다.

또한 남성들이 이런 여성을 트로피 와이프•로 삼는 이유 또한 자신의 성공을 대외적으로 과시하기 위해서다.

남들에게 보여주기 위한 유한계급의 전형적인 삶은 과시적 소비와 과시적 여가로 발전한다.

골프를 즐기고, 값비싼 애완견을 키우고, 고급스런 여행을 하는 것으로 이들은 자신의 부와 여유를 증명한다.

• trophy wife. 성공한 중·장년 남성들이 수차례 결혼 끝에 얻은 젊고 아름다운 전업주부.

더 큰 문제는 이러한 유한계급의 소비행태를 하위계층도 애써 모방한다는 사실이다.
가격이 오르는 데도 과시욕이나 허영심으로 인해 수요가 줄어들지 않고 오히려 늘어나는 현상을 가리키는 '베블런 효과(veblen effect)'는 바로 이 책에서 유래한다.

베블런은 이들 유한계급이 부를 얻는 방법에도 문제를 제기한다.
그는 산업(industry)과 사업(business)을 확실하게 구분했는데, 산업은 기술자들이 정직하게 일해 부가가치를 만드는 것이지만 사업은 유한계급들이 산업종사자들을 착취해 부를 비열하게 늘리는 것이라고 보았다.
그의 주장에 따르면 유한계급은 창조적인 노동으로 자신의 삶과 사회를 개선하기보다, 과도한 경쟁을 조장하여 남의 것을 약탈하고 과시하며 결과적으로 사회를 후퇴시킨다.

그는 문화인류학적으로 볼 때 인류가 전투능력과 부의 과시를 통해 평화적 미개사회에서 약탈적 야만사회로 이행했다고 주장한다. 그리고 그런 야만사회의 극치를 보여주는 게 바로 유한계급이 판치는 19세기 말의 미국이라는 것이다.

새로운 경제학 방법론

베블런은 당시 주류를 이루던 신고전파 경제학을 비판했다.
독점과 분배의 불평등 같은 자본주의의 모순을 제도 변화로 해결하려 하기보다는 눈에 보이는 경제현상만 분석하는 신고전파 경제학에 대해 현실감각이 결여되었다고 질타한다.

신고전파는 모든 것을 균형의 시점에서 바라보았지만 베블런은 균형을 찾는 대신 과도기적 불균형을 해소할 수 있는 경제의 다이내믹한 운동을 연구했다.

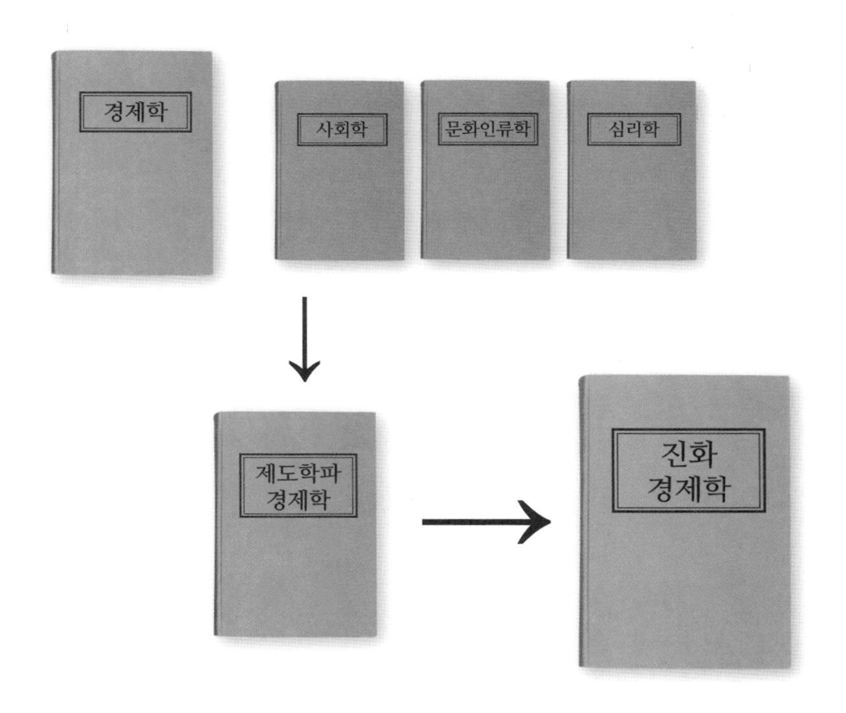

이러한 베블런의 신경제학은 경제를 거시적으로 연구하고 경제활동에서 제도의 역할이 얼마나 중요한지를 강조한다.

미국 제도학파 경제학의 선구자

베블런은 경제제도가 사회구조는 물론 구성원의 성격과 행동에도 영향을 준다고 보았다.

그래서 그는 경제학에 융합적인 접근을 시도해 사회학, 문화인류학, 심리학까지 통합한 제도주의 경제학을 발전시켰고, 이후 그의 융합적 접근방법은 경제학자 존 갤브레이스와 사회학자 라이트 밀스에게 영향을 미치며 진화경제학으로 이어지고 있다.

노르웨이 이민자의 아들로 '천재' '괴짜' '이단아'로 불리며 평생 주류에 편입되지 못했던 소스타인 베블런. 애덤 스미스 이후 가장 독특한 개성을 가진 경제학자로 평가받는 그는 주류 경제학을 저격한 제도학파의 창시자이기도 하다.

〈유한계급론〉은 단순한 경제학이 아니라 경제이론과 경제사가 인류학・심리학・사회학・역사학과 교차하는 종합적 연구서이다. 그래서 베블런을 사회학의 대가로 바라보는 시각도 있다. 그만큼 이 책의 내용이 입체적이고 풍부하다는 뜻이다.

사회에 유익한 생산노동에 종사하지 않고 그 위에 기생하면서 자신의 부나 실력을 과시하고자 하는 유한계급을 통렬히 비판한 〈유한계급론〉.
이 책은 오늘날 한국 자본주의의 한 특성인 천민자본주의를 비추어 주는 좋은 거울이기도 하다.

지금 우리 사회는 베블런의 비판에서 자유로운가?

작품 속 명문장

비천한 노동에 본능적 혐오감을 갖지 않는 상류계층은 거의 찾아보기 힘들다. (…) 고대 그리스 철학자들의 시대부터 지금에 이르기까지, 세련된 남자들은 인간이 가치 있거나 아름답거나 나무랄 데 없는 삶을 살려면, 우선 어느 정도 여가시간을 누리면서 당장 먹고사는 것에 매달리는 노동은 하지 않아야 한다는 것을 전제조건으로 삼아왔다. 문명화된 모든 이들의 눈에는 여유로운 삶 자체와 그런 삶이 만들어내는 결과들이 아름답고 귀티나 보였던 것이다.

"자본은 노동의 친구요, 번영의 열쇠다."

뵘바베르크

27
자본과 이자

Capital and Interest, 1911

마르크스를 처음으로 정면 비판한 자본이론의 필수고전

오이겐 폰 뵘바베르크

Eugen von Böhm-Bawerk, 1851-1914, 오스트리아

Das Kapital.

Kritik der politischen Oekonomie.

Karl Marx.

Erster Band.

Hamburg

Verlag von Otto Meissner.

19세기 후반 유럽 경제는 산업화를 통한 전대미문의 번영을 이뤄가고 있었다.

하지만 당시 노동자의 삶은 비참함 그 자체였다.

그때 마르크스는 자본주의 생산방식을 비판하는 〈자본론〉•을 출간하여 유럽을 강타한다.

자본주의가 노동자의 소외와 착취를 초래했다는 마르크스의 주장은 대중을 파고들었고, 이에 맞서 자본주의를 옹호할 논리와 이론적 틀을 갖추지 못한 전통 경제학은 속수무책으로 바라보고만 있었다.

• 자본주의적 생산과 모순을 분석한 '사회주의의 바이블'.

이때 오스트리아의 경제학자 오이겐 폰 뵘바베르크가 마르크스의 사상을 정면으로 비판하며 경제학사에 남을 유명한 책을 내놓는다. 자본이론의 필수고전이 된 〈자본과 이자〉다.

Eugen von Böhm-Bawerk

Eugen von Böhm-Bawerk

CAPITAL
AND INTEREST

VOLUME I | History and Critique of Interest Theories

TRANSLATED BY GEORGE D. HUNCKE
AND HANS F. SENNHOLZ

LIBERTARIAN PRESS
SOUTH HOLLAND, ILLINOIS

마르크스의 착취이론 vs 뵘바베르크의 이자이론

마르크스는 〈자본론〉에서 "자본은 노동착취와 불평등의 화신"이라며 자본을 노동의 적으로 규정한다.

그는 생산에 투입되는 노동량이 상품의 가격을 결정하므로 노동에

대한 보수는 가격과 일치해야 한다는 노동가치설을 전제한다. 그런데 자본가는 노동자에게 겨우 먹고살 정도의 임금만 주고 이자와 이윤으로 몽땅 가져가므로 노동을 착취하고 있다는 것이다. 이것이 노동가치설을 기반으로 한 착취이론이다.

하지만 뵘바베르크의 생각은 달랐다. 그는 "자본이란 노동의 친구요, 모든 계층의 생활수준을 개선하는 보편적 번영의 열쇠"라고 했다.
상품의 가치를 결정하는 것은 전적으로 소비자의 판단이므로 노동만이 가치를 창출한다는 마르크스의 이론이 틀렸다는 것이다.

상품의 가치
=
소비자의 판단

또한 이자는 노동과 관계없이 자본을 소유한 사람에게 발생하는 소득이라 주장한다.
단순히 돈을 빌려주고 갚는 과정에서 생기는 대부이자가 아니라, 물건을 만들려면 먼저 공장을 건설하고 기계를 도입해야 하듯이 자본재• 생산과 관련된 노동 이전에 투입된 자금에 대한 본원적 이자가 진짜이자라는 것이 뵘바베르크의 이자이론이다.

• 소비재의 생산과정에서 노동과 토지를 제외하고 사용되는 재화.

'이자'는 돈의 가격이 아닌 시간의 가격

뵘바베르크는 이자가 돈의 가격이 아니라 시간의 가격이라 보았다. 즉, 돈을 투자한 후 발생하는 불확실성들, 예컨대 미래에 대한 불안감, 인생의 짧음과 불확실성, 인간 의지의 결함 등이 이자를 발생시킨다는 것이다.

그렇다면 이자와 시간은 어떤 연관성을 갖고 있을까?
뵘바베르크는 시간을 대기시간과 생산시간으로 나누고, 대기시간은 시간선호 개념과 생산시간은 우회생산 개념과 연결하여 해석했다.

대부분의 사람들은 모두 불확실한 미래보다는 확실한 현재에 가치를 두고 살아간다. 이것이 시간선호(time preference)개념이다.
그런데 미래를 선택하면 긴 대기시간이 발생하는데, 자본가들에게도

돈을 현재에 소비하는 것을 기꺼이 포기하게 하려면 불확실한 미래에 대해 이자라는 보상을 주어야 한다는 것이다.

생산시간에 대해서는 우회생산 개념으로 설명한다.
어부들이 더 많은 고기를 잡기 위해서는 직접 창이나 손으로 고기를 잡는 대신 그물이나 카누를 만드는 우회생산 과정을 거쳐야 한다는 것이다.
그리고 이러한 생산시간을 버티게 하려면 특별한 보상이 필요한데 이것이 바로 이자라는 것이다.

- 대기시간 — 시간선호 개념
- 생산시간 — 우회생산 개념

즉, 소비자든 자본가든 현재를 포기하고 미래를 선택할 경우에는 이에 상응하는 보상을 주어야 하는데 이것이 본원적 이자라는 것이다.

뵘바베르크는 이렇게 이자의 본질을 밝힘으로써 기업이 가지는 이윤의 정당성을 설명한다.
기업가는 토지, 노동, 자본 등을 투자하고 손익과 파산에 대한 불확실성을 책임진다.
따라서 마르크스가 지적했던 기업가의 이윤은 착취로부터 온 것이 아니라 이러한 위험부담을 진 데 대한 당연한 보상이라는 것이다.

자본과 이자를 새로운 시각에서 조명한 뵘바베르크의 〈자본과 이자〉. 그는 마르크스의 〈자본론〉을 분석해 그 논리의 허점을 파악하고, 노동가치설의 대안으로 자본이 왜 중요한지를 설득했다.

오스트리아의 재무장관을 세 번이나 역임하며 오스트리아 학파를 계승 발전시킨 뵘바베르크. 그의 독창적 자본론은 이후 미국 예일대 어빙 피셔의 '이자론'에 큰 영향을 미쳤으며, 자유주의 시장경제를 옹호한 루트비히 미제스와 1974년 노벨경제학상을 수상한 프리드리히 하이에크를 거쳐 오늘날까지도 그 영향력을 미치고 있다.

지식과 창의력, 미적 감각과 소통능력 등도 중요한 자산이 된 이 시대.
당신이 가진 최고의 자본은 무엇인가?
그 자본을 키우기 위해 지금 무엇을 하고 있는가?
그렇게 모은 당신의 자본을 어떤 미래 가치를 향해 투자할 것인가?

작품 속 명문장

고대에 이자를 법적으로 금한 것은 이자 받는 행위를 사악한 것으로 간주했다는 강력한 증거다. 그러나 그런 판단이 분명한 이론에 근거한 건지는 알 수 없다. 어찌됐든 지금까지 우리에게 전해 내려온 이론은 없다. 플라톤, 아리스토텔레스, 두 명의 카토•, 키케로, 세네카, 플라우투스•• 등의 철학자나 문인들은 이 주제를 너무 피상적으로 다뤄서, 왜 이자를 나쁘게 보는지에 대한 이론적 근거를 제시하지 못했다. 더군다나 이자 자체를 부정한 건지 지나치게 높은 이자를 부정한 건지 문맥이 자못 모호하며, 전자의 경우라면 이자 자체에 내재한 특유의 오점 때문인지 그들이 경멸하는 부자들에게 유리한 거라서 반대하는 건지 분명치가 않다.

• Cato. 로마시대 정치가인 카토와 그의 증손자인 철학자 카토.
•• Plautus. 로마의 희극작가.

10장 **영원을 향해 서다, '종교'**

그리스도인의 자유 _ 마르틴 루터

대승기신론소 _ 원효

꾸란 _ 무함마드

"그리스도인은 온전히 자유스럽지만 스스로 모든 사람의 종이 되어야 한다."

〈그리스도인의 자유〉 중에서

28
그리스도인의 자유

On the Freedom of a Christian, 1520

QR

16세기 종교개혁의 서막을 연 책

마르틴 루터

Martin Luther, 1483-1546, 독일

1521년 4월 독일 보름스.

수도사 마르틴 루터를 심문하는 신성로마제국 의회가 열린다.

1520년 한해에만 교황과 교회를 비판하는 글을 133편이나 발표하여

파문을 당한 루터.

그는 그 주장들을 철회하라는 요구를 받는다.

"내 양심은 하느님의 말씀에 매여있습니다. 양심을 어기는 행동은 올바르지 않으므로 아무것도 취소할 수 없습니다. 제가 여기 섰고, 그 외의 다른 일은 아무 것도 할 수 없으니 주여, 저를 구해주소서!"

1521년 4월 18일, 루터는 카를 5세 앞에서 이렇게 자신의 주장을 고수했고 의회는 5월에 루터를 이단으로 선고한다.
그 후 루터는 바르트부르크 성에 은신하며 〈신약성서〉의 독일어 번역에 몰두한다.
종교개혁의 횃불이 타오르기 시작한 것이다.

〈그리스도인의 자유〉는 〈독일 기독교 귀족에게 보내는 글*〉(1520), 〈교회의 바빌론 포로생활**〉(1520)과 더불어 '종교개혁의 3대 논문'으로 꼽히는 책이다.

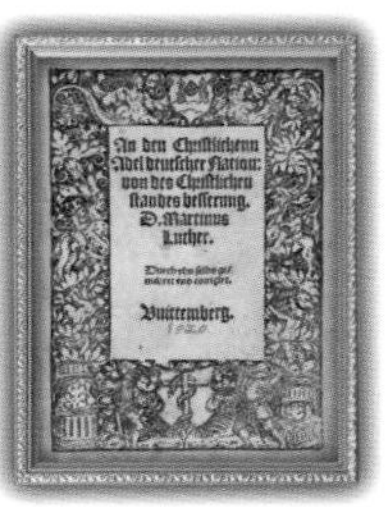

1517년 10월 31일, 비텐베르크대학에서 강의하던 루터는 슐로스(Schloss) 교회당 정문에 교황청의 면죄부••• 판매를 비판하는 '95개조의 논제'를 게시했다.

교황이 로마의 '성 베드로 성당'을 재건하려고 독일에서 알브레히트 대주교를 통해 "죽은 자의 영혼이 천국으로 간다"는 면죄부를 팔았기 때문이다.

"면죄부를 사면 그리스도의 어머니 마리아를 범해도 용서받는다."
"교황의 문장으로 장식한 십자가는 그리스도의 십자가와 같은 가치가 있다."
—요한 테첼(면죄부를 판매한 도미니크회 설교사)

루터는 '논제'를 통해 이를 비판한다.
"죄의 용서는 오직 하느님의 뜻에 달린 거지, 교회법이나 면죄부에 의한 것이 아니다!"

이후 로마 교황청의 출두 요구, 도미니크 수도회의 제소 등으로 신학논쟁이 벌어지면서 독일은 들끓었고, 결국 루터에 대한 파문 칙령으로 이어졌다.

• 신앙인은 모두 동일한 사제라는 '만인사제주의'를 옹호한 책.
•• 교회의 의식과 의례를 전면 부정한 책.
••• '고해성사 이후에도 신자에게 남아있는 죄를 사면 받았음'을 증명하는 문서.

이런 와중에 '교황 레오 10세에게 보내는 공개문서 형식'으로 자신의 주장을 비교적 온건하게 펼친 책이 바로 〈그리스도인의 자유〉.
교회 내 분열을 해소하기 위해 저술된 이 책의 핵심내용은 두 가지다.

첫째, **그리스도인은 모든 것의 우위에 서는 자유로운 군주로서 그 누구에게도 종속되지 않는다.**
"그리스도인은 신앙만으로 충분해서 의로워지기 위해 어떤 행위도 할 필요가 없고, 이는 모든 계명과 율법으로부터 해방되어 있는 자유를 뜻한다."

둘째, **그리스도인은 모든 이에게 봉사하는 하인으로서 모든 이에게 종속된다.**

"그리스도인은 이제 전적으로 자유지만 그리스도께서 나를 위해 하신 것처럼, 나도 보답을 바라지 않고 이웃에 유익하고 축복이 되는 일만 하리라."

루터는 그리스도의 가르침에 순종하는 것이 모두가 왕이 되고 모두가 사제가 된다는 것을 뜻한다고 믿었다. 따라서 성직자들은 봉사자, 하인, 관리자에 지나지 않는다고 설파했다.

"그리스도를 위해서는 신앙을 통해서, 이웃을 위해서는 사랑을 통해서 생활한다. 이것이 참되고 영적인 그리스도인의 자유이며 다른 자유보다 더 좋은 자유이다."

이것이 이 책의 결론이다.

루터는 당시 교회제도나 사제계급이 하느님과의 내적 관계를 방해한다면 배제할 수밖에 없다며 그리스도인과 가톨릭교회의 과감한 개혁을 요구한 끝에 마침내 프로테스탄트(개신교)의 탄생을 이끌어낸다.

독일어와 라틴어로 저술된 〈그리스도인의 자유〉는 프로테스탄티즘의 근본원리를 담고 있어 루터의 저술 중 가장 많이 읽힌 명저다.

"그리스도인은 온전히 자유스럽지만 스스로 모든 사람의 종이 되어야 한다"고 주창했던 루터.

그는 지금 21세기의 교회들을,
또 우리들을 과연 어떻게 보고 있을까?

작품 속 명문장

신앙은 마치 신부를 신랑과 맺어주듯 우리 영혼이 그리스도와 하나 되게 한다. (…) 하나가 된 그리스도와 영혼은 각자의 소유와 행복, 불운도 함께 나누게 되어, 그리스도가 가지고 계신 것은 믿는 영혼의 소유가 되고, 영혼이 가지고 있는 것 또한 그리스도의 소유가 된다. 그래서 그리스도가 소유하신 모든 선함과 복은 믿는 영혼에게 돌아가고, 영혼이 갖고 있던 모든 죄와 허물은 그리스도가 맡는다. 성스러운 교류, 거룩한 하나 됨이 이루어지는 것이다.

www.monaissance.com

"모든 것은 오직 마음에 달려있다."

〈대승기신론소〉 중에서

29

대승기신론소(大乘起信論疏)

Treatise on the Awakening of Faith According to the Mahayana, 7세기

한국 최고의 학승(學僧) 원효가 쓴 한국 불교서의 자랑

원효

元曉, 617-686, 한국

신라 진덕여왕 4년인 서기 650년.
마흔다섯 살의 한 남자가 오랫동안 꿈꿔왔던 당(唐)나라 유학길에 오른다.
배를 타기 위해 항구에 이르렀을 때는 벌써 어둠이 깔린데다 거친 비바람이 몰아치고 있어 오래된 무덤 옆에서 잠을 청한다.
한밤중에 목이 말랐던 남자는 잠결에 옆에 놓인 바가지 물을 달게 마시고 다시 잠에 곯아떨어진다.

이튿날 아침, 남자는 놀라운 사실을 발견한다.
지난 밤 자신이 꿀물처럼 달게 마신 물은 바로 해골바가지에 고인 빗물 아닌가?
그는 갑자기 속이 메스꺼워져 토하고 만다.
그때 불현 듯 머릿속을 스치는 생각 하나.

'사물 자체에는 깨끗함도 더러움도 없다. 모든 것은 오직 마음에 달려 있다(一切唯心造).'

이 이야기의 주인공은 바로 한국 불교의 대중화를 이끈 원효.
그는 유학을 포기하고 신라로 되돌아가 불교 연구와 전파에 힘을 쏟는다.

5세기경, 사회 정치적 통합을 위해 불교를 국교로 정한 신라.
하지만 6세기에 이르러 중국을 비롯한 동아시아 불교는 사상적 대립에 봉착한다.
모든 것이 공(空)이라는 중관학파(中觀學派)와 모든 것이 생각[識]이라는 유식학파(唯識學派)의 대립이 바로 그것.

바로 그때, 원효는 두 파의 긴장을 해결할 새로운 이론으로 화쟁(和諍)사상을 제시한다.

화(和)는 '조화롭다', 쟁(諍)은 '다툰다'는 뜻이니 즉 화쟁은 '조화롭게 다툰다'는 의미다.

화쟁사상은 물과 얼음이 같고 삶과 죽음이 통하며 고통과 행복의 본질이 다르지 않은 것처럼, 남과 나도 다르지 않기에 모순과 대립된 주장들도 조화로운 다툼을 통해 얼마든지 하나로 합해질 수 있다는 것이다.

그리고 이런 원효의 화쟁사상을 가장 잘 담고 있는 책이 바로 〈대승기신론소〉다.

대승(大乘)은 모든 사물에 적용되는 진리를 말하고, 소(疏)는 경전에 주석을 달아 자신의 사상을 표현하는 글의 한 종류다.

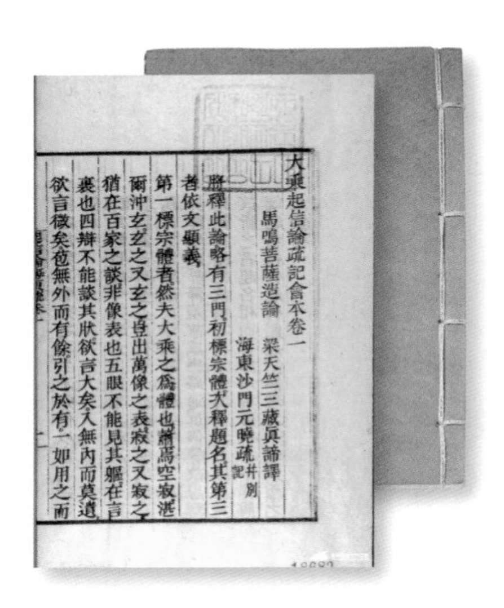
大乘起信論疏記會本卷一
馬鳴菩薩造論　梁天竺三藏眞諦譯
海東沙門元曉疏幷別記
將釋此論略有三門初標宗體次釋題名其第三
者依文顯義
第一標宗體者然夫大乘之爲體也蕭焉空寂湛
爾沖玄玄之又玄之豈出萬像之表寂之又寂之
猶在百家之談非像表也五眼不能見其軀在言
裏也四辯不能談其狀欲言大矣入無內而莫遺
欲言微矣苞無外而有餘引之於有一如用之而

원효는 자신이 가장 감명 깊게 읽은 〈대승기신론〉•을 분석하고 주석을 단 〈대승기신론소〉를 통해 보다 많은 이들이 불교의 진리를 깨닫길 바랐다.

〈대승기신론소〉는 모두 세 부분으로 구성되어 있다.
① 종체(宗體): 〈대승기신론〉의 본질과 불교에서 차지하는 위치를 명시.
② 책 이름 해석: '대승(大乘)'은 모든 사물에 적용되는 진리이며 '기신(起信)'은 믿음을 불러일으키는 것이다.
③ 본문 구절풀이: 중생의 마음이 떠돌다 깨달음을 얻는 이유와 불법을 실천하기 위한 지침 등을 독창적으로 해석한 내용.

• 大乘起信論. 기원전 2세기 인도의 마명보살이 쓴 대승불교 개론서.

〈대승기신론〉의 핵심은 '진속일여(眞俗一如)'와 '염정불이(染淨不二)'. 즉, 참됨과 속됨이 별개가 아니고 더러움과 깨끗함 또한 둘이 아니라는 것이다. 그러기에 나만이 옳다는 생각을 버려야 한다.

또한 〈대승기신론〉은 다양한 차이와 특징을 포용할 조화의 방법으로 상대와 내가 하나가 되는 '일심(一心)'을 설파하는데, 이것이 화쟁이 추구하는 지향점이자 갈등과 분열을 넘어 서로를 포용하는 방법이다.

"대승의 진리에는 오직 '너와 내가 하나 된 마음'이 있을 뿐이며 '하나 된 마음' 이외에 다른 진리는 없다."—원효

한국이 낳은 천재이자 동아시아 최고의 학승(學僧)으로 꼽히는 원효. 그는 일심과 화쟁사상을 중심으로 불교 대중화에 힘쓰는 한편, 불교 경전 연구에도 힘을 쏟아 당시의 거의 모든 경론(經論)들에 대한 주석서를 저술했다.

〈대승기신론소〉는 신라 불교의 갈등을 잠재우고 한국 불교의 큰 기틀을 마련한 책으로, 본문 해석이 간단하고 명료한데다가 해박한 식견과 논리가 시원스럽고 거침없다.
이 책은 당시 중국의 고승들 사이에서도 '해동소(海東疏)'라 불리며 즐겨 인용되었으며, 전 세계 1천여 종이 넘는 〈대승기신론〉의 주석서 가운데 가장 뛰어난 주석서로 꼽히는 한국 불교서의 자랑이다.

'도(道)는 모든 존재에 미치지만, 결국은 하나 된 마음의 자리로 돌아간다'며 만물을 차별 없이 사랑하며 살 것을 강조했던 원효.

사회적 갈등과 대립이 첨예한 지금의 우리 사회에
상대를 인정하고 치우침 없는 답을 찾고자 했던 원효의 사상이
그 어느 때보다 간절하지 않은가?

작품 속 명문장

대승의 몸은 참으로 고요하고 한없이 그윽하다. 크다고 말하려고 하니 어느 구석인들 들어가지 못하는 곳이 없고, 작다고 말하려고 하니 어떤 큰 것이라도 감싸지 못함이 없다. 있다고 말하려고 하니 한결같이 텅 비어 있고, 없다고 말하려고 하니 만물이 모두 이것으로부터 나온다.

"먼저 공격하지 마라.
알라는 공격하는 자들을 사랑하지 않으시니라."

〈꾸란〉 중에서

30
꾸란

Koran, 644-656

전 세계 16억 무슬림의 경전, 아랍어로 된 가장 영향력 있는 책

무함마드

Muhammad, 570-632, 사우디아라비아

"읽어라!"

610년 히라 산 동굴에서 명상하던 무함마드에게 신의 엄준한 음성이 들린다.

"무엇을 읽어야 합니까?"

그러자 단어들로 수놓인 두루마리가 그의 눈앞에 펼쳐진다.

하지만 그는 글을 읽을 줄 몰랐다.

같은 목소리가 또 한 번 들렸지만 그는 읽을 수가 없다.

"읽어라!"

신의 세 번째 명령에 다음의 단어들이 나타난다.

"우주만물을 창조하신 너의 주님의 이름으로! 그분께서는 한 응혈(凝血)에서 사람을 창조하셨다. 읽어라! 네 주님은 가장 관대하신 분. 그분은 글을 가르쳐 주신 분이고 알지 못했던 것을 깨닫게 해주셨느니라."

신기하게도 무함마드는 이것을 소리 내어 읽을 수 있었다. 그리고 곧이어 천사 가브리엘을 통해 전해 받은 성스러운 '계시 경전' 〈꾸란〉.

〈꾸란〉은 전 세계 16억 무슬림들에게 '모든 성스러운 책의 어머니'이고 '모든 지식과 지혜의 원천'이다.
'신께서 우리와 함께 계심'을 알려주는 생생한 상징이며 '신의 뜻이 무엇인지'를 알려주는 신앙의 교본이자 '신의 뜻대로 살고 죽도록' 준비시키는 삶의 지침서다.

무함마드 사후 20년 만에 그의 후계자 우스만 이븐 아판• 때 총 114장 6219절로 완성된 〈꾸란〉은 수많은 편집과 변경이 가해진 불경이나 성경과는 달리 **1400년이 넘도록 단 한 획의 변경도 없이 원전 그대로 완벽히 보존**되었다.

무함마드가 계시를 받을 때 신의 명령이 그러했고 '꾸란'의 의미 역시 '읽다'인 것처럼 소리 내어 읽기를 강조하는 경전이다.
낭송은 신의 계시를 체험하는 순간이기에 〈꾸란〉은 '신이 주신 위대한 선물'로 불린다.

• 644~656년에 재위한 세 번째 칼리프.

유일한 신, 알라

무함마드는 아브라함과 모세, 세례 요한과 예수의 임무를 완수하는 예언의 완성자다.

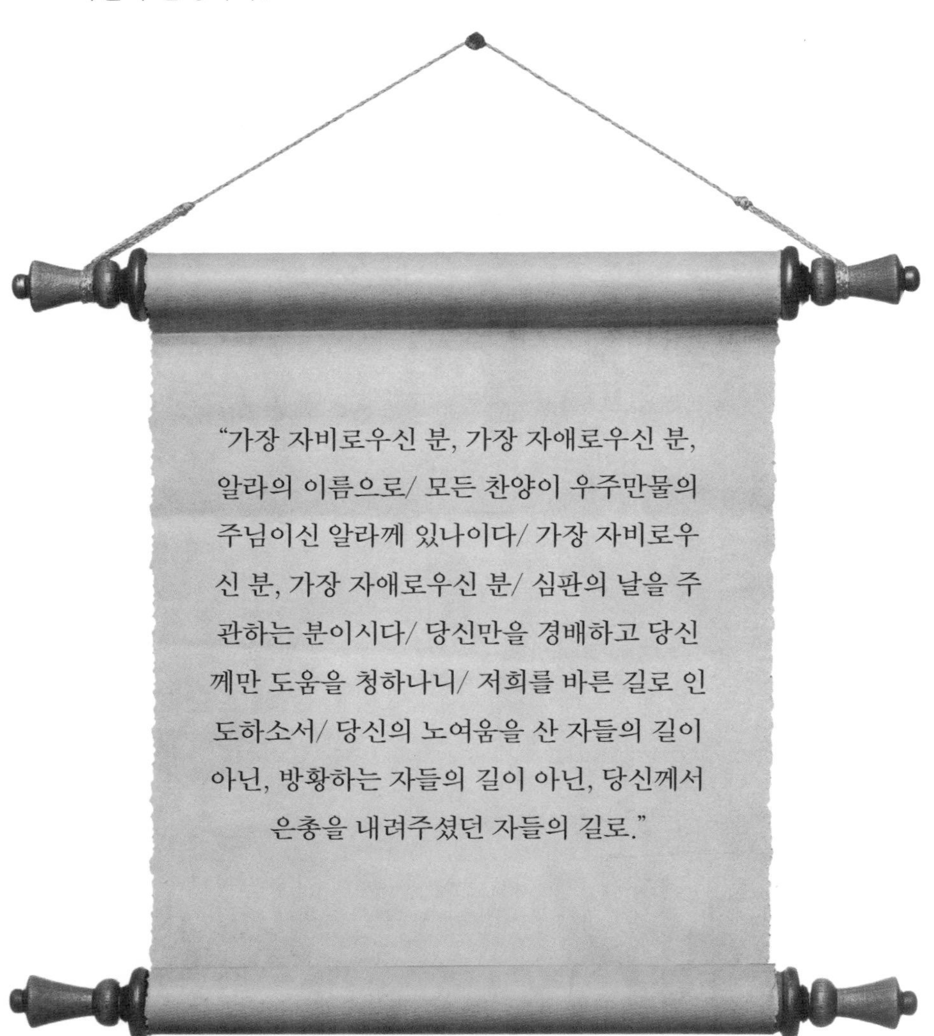

〈꾸란〉의 첫 장은 '가장 위대한 장'이다.
단 일곱 절만으로 알라가 우주만물의 창조주인 유일한 신이고 자비와 자애의 신이라는 〈꾸란〉의 정수를 담아낸다.
이 첫 장을 암송하는 것으로 〈꾸란〉 전체를 암송한 만큼의 보상이 내려진다고 믿기에, 무슬림의 모든 예배는 이 첫 장을 암송하면서 시작되고 하루 다섯 번의 예배를 통해 최소 17회 이상 암송된다.

오직 알라에게만 예배하고 알라에게만 의존하며 알라가 인도하는 길로만 가기를 기도하고 실천하겠다는 것이기에, 이것은 무슬림의 신앙고백이자 주기도문이다.

평화의 종교, 이슬람

"그들은 듣게 되리라. '평화가 있으라'는 자애로우신 주님의 말씀을."

계시의 밤에 무함마드에게 들려온 말은 "평화! 새벽이 도래할 때까지!"이고, 신이 인간을 부르는 명칭은 "평화의 거주지(dar as-salam)"이며, 낙원에 들어간 자에게 천사가 건네는 환대의 인사는 "평화가 그대와 함께 하기를!"이고, 심판의 날에 선포되는 신의 말씀은 "평화!"다.

그래서 무슬림들의 인사 또한 평화를 기원한다.
"알 살라무 알라이쿰•", 즉 "평화가 당신과 함께 하기를".

> "적이 평화 쪽으로 기울인다면 그쪽으로 향하라."—8장 61절
> "먼저 공격하지 마라. 알라는 공격하는 자들을 사랑하지 않으시니라."—2장 190절

• al-salāmu ʾalaykum. "와 알라이쿰 알 살람(wa-ʾalaykum al-salām)"은 "당신에게도 평화가 함께 하기를"이다.

이슬람 사회의 행동양식, 꾸란

〈꾸란〉은 종교집합체이자 정치공동체인 이슬람 사회의 유지를 위해 결혼제도, 단식, 유산분배, 고리대금 금지 등 일상규범과 사회규칙에 대해서도 신의 말씀을 빌려 전한다.

> "알라를 믿는 너희에게도 단식은 의무이니 절제를 통하여 의로워질 것이니라."—2장 183절
> "부모와 형제가 남긴 재산은 너희와 너희가 함께한 그들에게도 몫을 제정하였나니 그들에게 그들의 몫을 주라."—4장 33절
> "알라는 이자의 폭리로부터 모든 축복을 앗아가 자선의 행위에 더하시니 알라께서는 사악한 모든 불신자들을 사랑하지 않으시기 때문이니라."—2장 276절

'신의 말씀 그 자체'를 의미하는 〈꾸란〉. 아랍어로 된 가장 오래된 문헌이자 아랍어로 쓰인 가장 영향력 있는 문헌이다.

보통 종교는 세속의 삶보다 내세를 더 강조하는 데 비해 이슬람은 현세의 삶도 내세와 똑같이 중시한다. 그래서 〈꾸란〉에는 종교적 내용 외에 사회생활을 비롯한 모든 일상생활을 규정하는 율법적 내용도 포함되어 있어 무슬림들의 개인적·사회적 생활 전반에 영향을 끼쳤다.

종교와 신앙을 넘어 〈꾸란〉이 우리에게 말한다.

당신은 자비로운 삶을 살고 있는가?
지금 다툼 대신 평화를 향해 서 있는가?

작품 속 명문장

어떤 영혼도 다른 이에게 도움을 주지 못하고, 그를 위해 타협할 수도 없으며, 대신 보상을 해줄 수도 없다. 이렇듯 누구에게도 도움 받지 못할 날이 있음을 명심하여 그날을 대비하라.

모네상스 '고전5미닛' 전체목록

❶ 은 1권에, 밑줄과 ❷ 는 2권에 수록된 작품

문학

1. 인생이라는 바다 헤쳐가기

그리스인 조르바❶ 니코스 카잔차키스
노인과 바다❶ 어니스트 헤밍웨이
여자의 일생❶ 기 드 모파상
이반 일리치의 죽음❶ 레프 톨스토이
오뒷세이아 호메로스
길가메시 구전서사시
테스 토마스 하디
바람과 함께 사라지다 마거릿 미첼
한 여인의 초상 헨리 제임스
귀향 토마스 하디
나나 에밀 졸라
이름 없는 주드 토마스 하디
백치 표도르 도스토옙스키
미들마치 조지 엘리엇
아메리칸 헨리 제임스
여름 이디스 워튼
파르마의 수도원 스탕달
송강가사 정철
이백시선 이백
두보시선 두보
귀거래사 도연명
오쿠로 가는 작은 길 바쇼
마쿠라노소시 세이 쇼나곤
청구영언 김천택
변신이야기 오비디우스
아이네이스 베르길리우스

2. 사랑에 웃고 정념에 울다

젊은 베르터의 슬픔❶ 요한 볼프강 폰 괴테
백야❶ 표도르 도스토옙스키
오만과 편견❶ 제인 오스틴
무기여 잘 있어라 어니스트 헤밍웨이
안나 카레니나 레프 톨스토이
제인 에어 샬럿 브론테
진달래꽃 김소월
파리의 노트르담 빅토르 위고
동백꽃 여인 알렉상드르 뒤마
간계와 사랑 프리드리히 폰 실러
별 알퐁스 도데
페드르 장 라신
은방울꽃/골짜기의 백합 오노레 드 발자크
새로운 인생❶ 단테 알리기에리
트리스탄과 이졸데 구전서사시
전원 교향곡 앙드레 지드
순수의 시대 이디스 워튼
채털리 부인의 연인 데이비드 허버트 로렌스
닥터 지바고 보리스 파스테르나크
이성과 감성 제인 오스틴
독일인의 사랑 프리드리히 막스 뮐러
카르멘 프로스페르 메리메
베네치아에서의 죽음 토마스 만
개를 데리고 다니는 부인 안톤 체호프
예브게니 오네긴 알렉산드르 푸슈킨
홍루몽 조설근
겐지 이야기 무라사키 시키부
설국 가와바타 야스나리
이선 프롬 이디스 워튼
시라노 에드몽 로스탕

3. 욕망과 광기의 인간들

니벨룽의 노래❷ 구전서사시
일리아스 호메로스
적과 흑❷ 스탕달
모비딕 허먼 멜빌
폭풍의 언덕❷ 에밀리 브론테
살로메 오스카 와일드
마담 보바리 귀스타브 플로베르
위대한 개츠비 F. 스콧 피츠제럴드

미국의 비극 시어도어 드라이저
압살롬, 압살롬! 윌리엄 포크너
도리언 그레이의 초상 오스카 와일드
벨아 기 드 모파상
스페이드의 여왕 알렉산드르 푸슈킨
죽은 혼 니콜라이 고골
시스터 캐리 시어도어 드라이저
몬테크리스토 백작 알렉상드르 뒤마
죽음의 승리 가브리엘레 단눈치오

4. 공동선과 휴머니즘을 찾아서

행복한 왕자 오스카 와일드
주홍글자 너새니얼 호손
전쟁과 평화❷ 레프 톨스토이
레 미제라블❷ 빅토르 위고
부활 레프 톨스토이
위대한 유산 찰스 디킨스
님의 침묵 한용운
안네의 일기 안네 프랑크
두 도시 이야기❷ 찰스 디킨스
빌헬름 텔 프리드리히 폰 실러
마지막 잎새 오 헨리
아웃 어브 아프리카 카렌 블릭센
크리스마스 캐럴 찰스 디킨스
누구를 위하여 종은 울리나 어니스트 헤밍웨이
크리스마스 선물 오 헨리
아이반호 월터 스콧
삼총사 알렉상드르 뒤마
요셉과 그의 형제들 토마스 만
농부 마레이 표도르 도스토옙스키
민중의 적 헨릭 요한 입센
무정 이광수
상록수 심훈
정지용 시집 정지용
마음 나쓰메 소세키
도적떼 프리드리히 실러
아서 왕의 죽음 토머스 맬러리
바보 이반 레프 톨스토이

5. 아웃사이더 - 가난과 소외의 인문학

무무❷ 이반 투르게네프
가난한 사람들 표도르 도스토옙스키
목로주점❷ 에밀 졸라
미국의 아들 리처드 라이트
굶주림❷ 크누트 함순
톰 아저씨의 오두막 해리엇 비처 스토
8월의 빛 윌리엄 포크너
올리버 트위스트 찰스 디킨스
지하에서 쓴 수기 표도르 도스토옙스키
모히칸족의 최후 제임스 페니모어 쿠퍼
몰 플랜더스 대니얼 디포
홍길동전 허균
임꺽정 홍명희
수호전 시내암
라쇼몬 아쿠타가와 류노스케

6. 내 안의 또 다른 나, 양면성의 인간학

파우스트❶ 요한 볼프강 폰 괴테
황야의 이리 헤르만 헤세
지상의 양식 앙드레 지드
지킬 박사와 하이드 씨❶ 로버트 루이스 스티븐슨
어둠의 심연❶ 조지프 콘래드
마법의 산 토마스 만
죄와 벌❶ 표도르 도스토옙스키
토니오 크뢰거 토마스 만
좁은 문 앙드레 지드
르 시드 피에르 코르네이유
캉디드 볼테르
빌리 버드 허먼 멜빌
로드짐 조지프 콘래드
인간과 초인 조지 버나드 쇼
유리알 유희 헤르만 헤세
모차르트와 살리에리 푸시킨
야성의 부름 잭 런던

7. 가족, 슬픔과 기쁨이 시작하는 곳

밤으로의 긴 여로❷ 유진 오닐
카라마조프가(家)의 형제들❷ 표도르 도스토옙스키
고함과 분노 윌리엄 포크너
인형의 집❷ 헨릭 입센
등대로 버지니아 울프
내 죽으며 누워 있을 때 윌리엄 포크너
유령 헨릭 입센
고리오 영감 오노레 드 발자크
느릅나무 밑의 욕망 유진 오닐
아버지와 아들 이반 투르게네프

아들과 연인 데이비드 허버트 로렌스
부덴브로크 집안의 사람들 토마스 만
플로스 강의 물방앗간 조지 엘리엇
우수부인 헤르만 주더만
심청전 작가미상
한중록 혜경궁 홍씨

8. 청춘, 흔들리고 성장하고 모험하고

어린왕자 앙투안 드 생텍쥐페리
허클베리 핀의 모험 ❷ 마크 트웨인
데미안 ❷ 헤르만 헤세
젊은 예술가의 초상 ❷ 제임스 조이스
빌헬름 마이스터 수업시대 요한 볼프강 폰 괴테
수레바퀴 밑에서 헤르만 헤세
마지막 수업 알퐁스 도데
유년시절 레프 톨스토이
장 크리스토프 로맹 롤랑
왕자와 거지 마크 트웨인
이상한 나라의 앨리스 루이스 캐럴
톰 소여의 모험 마크 트웨인
보물섬 로버트 루이스 스티븐슨
데이비드 코퍼필드 찰스 디킨스
빨간머리 앤 루시 모드 몽고메리
80일간의 세계일주 쥘 베른
패밀러 사무엘 리처드슨
톰 존스 헨리 필딩
집 없는 아이 엑토르 말로
로빈슨 크루소 대니얼 디포

9. 현대인, 방황과 불안 속에 핀 꽃

율리시스 제임스 조이스
황무지 T.S. 엘리엇
우스운 인간의 꿈 표도르 도스토옙스키
유혹자의 일기 키에르케고르
말테의 수기 릴케
더블린 사람들 제임스 조이스
와인즈버그, 오하이오 셔우드 앤더슨
악의 꽃 샤를 피에르 보들레르
댈러웨이 부인 버지니아 울프
밤은 부드러워 F. 스콧 피츠제럴드
초조한 마음 스테판 츠바이크
상자 속의 사나이 안톤 체호프

10. 부조리한 세상에서 실존을 외치다

이방인 ❶ 알베르 카뮈
시시포스의 신화 ❶ 알베르 카뮈
페스트 ❶ 알베르 카뮈
변신 프란츠 카프카
심판 프란츠 카프카
성 프란츠 카프카
잃어버린 시간을 찾아서 마르셀 프루스트
안개 미겔 데 우나무노
분신 표도르 도스토옙스키

11. 인간군상(群像)과 사회 풍자

돈키호테 ❷ 미겔 데 세르반테스
외투 니콜라이 고골
아Q정전 ❷ 루쉰
나는 고양이로소이다 ❷ 나쓰메 소세키
데카메론 지오반니 보카치오
억척 어멈과 그의 자식들 베르톨트 브레히트
캔터베리 이야기 제프리 초서
걸리버 여행기 조너선 스위프트
수전노 몰리에르
구름 아리스토파네스
인간 혐오자 몰리에르
가르강튀아와 팡타그뤼엘 프랑수아 라블레
오블로모프 이반 곤차로프
검찰관 니콜라이 고골
금병매 소소생

12. 그리스 비극, 인간에 대한 최초의 탐구

오이디푸스 왕 ❶ 소포클레스
안티고네 ❶ 소포클레스
클로노스의 오이디푸스 소포클레스
메데이아 에우리피데스
힙폴뤼토스 에우리피데스
오레스테이아 삼부작 아이스킬로스
결박당한 프로메테우스 ❶ 아이스킬로스

13. 셰익스피어 특선

햄릿 윌리엄 셰익스피어
맥베스 윌리엄 셰익스피어
리어왕 윌리엄 셰익스피어
오셀로 윌리엄 셰익스피어

로미오와 줄리엣 윌리엄 셰익스피어
베네치아의 상인 윌리엄 셰익스피어
한여름 밤의 꿈 윌리엄 셰익스피어
폭풍우 윌리엄 셰익스피어

14. 환상문학 컬렉션 (미스터리·판타지·미래소설)

동물농장 조지 오웰
1984 조지 오웰
우리들 예브게니 자미아틴
오페라의 유령 가스통 르루
검은 고양이 에드거 앨런 포
프랑켄슈타인 메리 셸리
타임머신 허버트 조지 웰스
드라큘라 브람 스토커
금오신화 김시습
구운몽 김만중
바스커빌 가문의 개 코난 도일
나사의 회전 헨리 제임스
슬리피 할로의 전설 워싱턴 어빙
몰타의 매 대실 해밋
트리스트럼 섄디 로렌스 스턴
아라비안나이트 구전문학
거장과 마르가리타 미하일 불가코프
개의 심장 미하일 불가코프
도둑맞은 편지 에드거 앨런 포
일곱박공의 집 너새니얼 호손

15. 신과 인간 사이

신곡 단테 알리기에리
실낙원 존 밀턴
성 앙투안의 유혹 귀스타브 플로베르
고백록 아우구스티누스
천로역정 존 번연
쿠오 바디스 헨리크 시엔키에비치
기탄잘리 타고르
라마야나 구전서사시

사상·교양

1. '역사'에서 미래를 만나다

역사❶ 헤로도토스
사기❶ 사마천
삼국유사 일연
로마제국 쇠망사❶ 에드워드 기번
플루타크 영웅전 플루타크
갈리아 전기 율리우스 카이사르
프랑스 혁명에 관한 고찰 에드먼드 버크
로마사 논고 니콜로 마키아벨리
상식 토마스 페인
삼국사기 김부식
자치통감 사마광
징비록 유성룡
봉건사회 마르크 블로크

2. '철학', 멋진 인생을 가꾸는 힘

차라투스트라는 이렇게 말했다❷ 프리드리히 니체
실천이성비판❷ 임마누엘 칸트
정신현상학❶ 헤겔
의지와 표상으로서의 세계❶ 쇼펜하우어
창조적 진화 앙리 베르그송
니코마코스 윤리학 아리스토텔레스
인간 자유의 본질에 관한 철학적 탐구 프리드리히 셸링
팡세 파스칼
아케이드 프로젝트 발터 벤야민
기술복제시대의 예술작품 발터 벤야민
도덕과 종교의 두 원천❶ 앙리 베르그송
사물의 본성에 대하여 루크레티우스
순수이성비판 임마누엘 칸트
에티카 스피노자
신학정치론 스피노자
방법서설 르네 데카르트
지각현상학 메를로 퐁티
향연❷ 플라톤
시학 아리스토텔레스
호모 루덴스 요한 하위징아
율곡전서 율곡 이이
대학 주희
중용 자사
장자 장자

도덕경 노자
도덕의 계보 프리드리히 니체
우상의 황혼 프리드리히 니체
베풂의 즐거움 세네카
인생의 짧음에 대하여 세네카
실용주의 윌리엄 제임스
유럽학문의 위기와 선험적 현상학 후설
철학의 위안 보에티우스
논리철학논고 루트비히 비트겐슈타인

3. 머스트 리드 '인문교양'

월든❶ 헨리 데이비드 소로
인간 불평등 기원론❶ 장 자크 루소
독일국민에게 고함 피히테
꿈의 해석❶ 지그문트 프로이트
프랭클린 자서전❷ 벤저민 프랭클린
훈민정음 세종대왕
난중일기 이순신
시민 불복종❷ 헨리 데이비드 소로
에밀 장 자크 루소
침묵의 봄 레이첼 카슨
우신예찬 데시데리우스 에라스뮈스
아레오파지티카 존 밀턴
동방견문록 마르코 폴로
수상록 몽테뉴
간디 자서전 간디
인생론 레프 톨스토이
쾌락원칙을 넘어서 지그문트 프로이트
영웅숭배론 토마스 칼라일
피렌체 찬가 브루니
의무론 키케로
계원필경 최치원
동국이상국집 이규보
성호사설 이익
자산어보 정약전
택리지 이중환
의산문답 홍대용
만요슈 오토모노 야카모치
백범일지 김구
탈무드❷ 유대교 율법서

4. 행복한 공동체 만들기, '정치·사회·경제'

권리를 위한 투쟁 루돌프 폰 예링
범죄와 형벌❶ 체사레 베카리아
진보와 빈곤 헨리 조지
군주론❶ 마키아벨리
목민심서❶ 정약용
자본론 카를 마르크스
미국의 민주주의 토크빌
사회계약론 장 자크 루소
도덕감정론 애덤 스미스
법철학 게오르크 빌헬름 프리드리히 헤겔
국부론 애덤 스미스
유토피아❷ 토머스 모어
법률 플라톤
리바이어던 토마스 홉스
폴리테이아 플라톤
통치론 존 로크
법의 정신 몽테스키외
정치경제학의 국민적 체계 프리드리히 리스트
영구평화론 임마누엘 칸트
프로테스탄티즘의 윤리와 자본주의 정신 막스 베버
유한계급론❷ 소스타인 베블런
인구론 토마스 맬서스
자본과 이자❷ 오이겐 폰 뵘바베르크
경제발전의 이론 조지프 슘페터
고용, 이자 및 화폐의 일반이론 케인즈
정치경제학 이론 윌리엄 스탠리 제번스
공산당 선언 카를 마르크스&프리드리히 엥겔스
자유론 존 스튜어트 밀
삼봉집 정도전
열하일기 박지원
삼민주의 쑨원
논어와 주판 시부사와 에이치

5. 아름다움을 찾다 사람을 보다, '예술'

라오콘 - 미술과 문학의 경계에 대하여 레싱
숭고와 아름다움의 이념의 기원에 대한 철학적 탐구 에드먼드 버크
인간의 미적교육에 관한 편지 프리드리히 본 실러
비극의 탄생 프리드리히 니체
이온 플라톤
예술이란 무엇인가 레프 톨스토이
예술론 요한 볼프강 폰 괴테
시경 공자
판단력 비판 임마누엘 칸트

6. 세상을 바꾼 '과학' 명저

알마게스트 프톨레마이오스
천구의 회전에 관하여 니콜라우스 코페르니쿠스
프린키피아 아이작 뉴턴
대화 갈릴레오 갈릴레이
새로운 천문학 요하네스 케플러
시데레우스 눈치우스 갈릴레오 갈릴레이
기하학 원론 유클리드
동물의 심장과 혈액의 운동에 관하여 윌리엄 하비
인간론 데카르트
방법서설·굴절광학·기상학·기하학 데카르트
새로운 아틀란티스 프랜시스 베이컨
신기관 프랜시스 베이컨
광학 아이작 뉴턴
종의 기원 찰스 다윈
특수 상대성 이론과 일반 상대성이론에 대하여 아인슈타인
동의보감 허준

7. 영원을 향해 서다, '종교'

그리스도인의 자유 ❷ 마르틴 루터
안티크리스트 프리드리히 니체
죽음에 이르는 병 키에르케고르
대승기신론소 ❷ 원효
고려대장경 불교경전
법구경 불교경전
꾸란 ❷ 무함마드
바가바드 기타 브야사
티베트 사자의 서 파드마삼바바
숫타니파타 불교경전
우파니샤드 철학경전
종교론 슐라이어마허
신학대전 토마스 아퀴나스
예수의 생애 르낭
이성의 한계 안에서의 종교 임마누엘 칸트

아트(그림)

애도 조토 디 본도네
우르비노의 비너스 티치아노 베첼리오
모나리자 레오나르도 다 빈치
천지창조 미켈란젤로 부오나로티
프리마베라 산드로 보티첼리
아테네 학당 라파엘로 산치오
대사들 한스 홀바인
스케이트 타는 겨울 풍경과 새 덫 피테르 브뢰헬
로사리오의 축제 알브레히트 뒤러
아르놀피니 부부 얀 반 에이크
성마르코의 주검을 찾다 틴토레토
십자가의그리스도 엘 그레코
톨레도의 엘레아노르와 그녀의 아들 아뇰로 브론치노
알렉산드로스 대왕을 맞는 다리우스의 가족 파올로 베로네세
십자가를 세움 페테르 파울 루벤스
성모 마리아의 죽음 카라바조
사티로스와 농부 야코프 요르단스
시녀들 디에고 벨라스케스
수산나 젠틸레스키
아폴론과 다프네 잔로렌초베르니니
사냥 중의 찰스 1세 앤소니 반 다이크
포키온의 매장 풍경 니콜라 푸생
목수, 성 요셉 조르주 드 라 투르
타르소스에 도착한 클레오파트라 클로드 로랭
야경 렘브란트
진주귀고리를 한 소녀 요하네스 베르메르
사치를 조심하라 얀 스텐
웃는 기사 프란스 할스
키테라 섬의 순례 앙투안 와토
곰방대와 물병 샤르댕
독서하는 소녀 프라고나르
헤라클레스와 옴팔레 프랑스와 부셰
결혼 직후 윌리엄 호가스
휘멘상을 장식하는 세 여인들 조슈아 레이놀즈
프랑스 대사의 베니스 도착 카날레토
사비니의 여인들 자크 루이 다비드
호메로스 숭배 앵그르
카오스 섬의 학살 외젠 들라크루아
1808년 5월 3일 프란시스코 고야
전함 테메레르 윌리엄 터너
메두사의 뗏목 테오도르 제리코
해변의 승려 프리드리히
건초마차 존 컨스터블
뉴턴 윌리엄 블레이크
이삭줍기 장 프랑수아 밀레
오르낭의 매장 귀스타브 쿠르베
삼등열차 오노레 도미에
건초 위에서 잠든 농촌 소년 앙커

볼가 강에서 배를 끄는 인부들 일리야 레핀
대귀족부인 모로조바 바실리 수리코프
유카리스 프레더릭 레이턴
베아타 베아트릭스 단테 가브리엘 로제티
피그말리온과 조각상4부작 번 존스
라이벌 로렌스 앨머 태디머
집에 있는 어린 그리스도 존 에버렛 밀레이
피크닉(휴일) 제임스 티소
스핑크스 앞에 선 보나파르트 장 레옹 제롬
지옥의 문 오귀스트 로댕
활을 쏘는 헤라클레스 에밀 앙투안 부르델
나르니 다리 카미유 코로
목욕하는 여인들 에드가르 드가
수련 클로드 모네
피아노 치는 소녀들 르누아르
퐁투아즈의 공장 카미유 피사로
에밀 졸라의 초상 에두아르 마네
그랑드 자트 섬의 일요일 오후 조르주 쇠라
자화상 빈센트 반 고흐
나페아 파 이포이포 폴 고갱
말을 공격하는 재규어 앙리 루소
자르댕 드 파리 : 제인아브릴 로트레크
레로베에서 본 생트 빅투아르산 폴 세잔
마담 X 존 싱어 사전트
퀴클롭스 오딜롱 르동
망자의 섬 아르놀트 뵈클린
환영 귀스타브 모로
예술 혹은 애무 페르낭 크노프
밤 페르디난트 호들러
앉아 있는 악마 브루벨
회색과 검정의 편곡 No.1 제임스 휘슬러
유디트 구스타프 클림트
열린 창 피에르 보나르
뮤즈들 모리스 드니
모자를 쓴 여인 앙리 마티스
거울 앞의 창부 루오
겔마 골목의 아틀리에 라울 뒤피
병든 아이 에드바르드 뭉크
가로누운 금발의 여인 에곤 실레
모리츠부르크의 목욕하는 사람들 키르히너
가죽이 벗겨진 황소 샤임 수틴
몸을 데우려는 해골들 제임스 앙소르
도시가 서다 움베르토 보치오니
젊은 여인 모딜리아니
지스몽다 알폰스 무하
사회의 기둥들 조지 그로스
숲속의 누드 페르낭 레제
세네치오 파울 클레
첫 번째 추상 수채 바실리 칸딘스키
빨강 노랑 파랑이 있는 구성 몬드리안
궁핍 캐테 콜비츠
부서진 기둥 프리다 칼로